Jean-Guy Forget est né à Montréal la journée du mariage de Michael Jackson et Lisa Marie Presley. Il passe son temps à saccager des micros-ouverts de poésie avec ses Goonies et à brailler quelque chose comme un mémoire de maîtrise. *After* est son premier roman.

AFTER

Jean-Guy Forget

After

roman

hamac

Direction littéraire : Éric Simard
Révision : Aimée Lévesque
Coordination éditoriale : Marie-Michèle Rheault
Mise en pages : Pierre-Louis Cauchon
Photographie de couverture : Fatine-Violette Sabiri
Maquette de couverture : Francesco Gualdi

Si vous désirez être tenu au courant
des publications de HAMAC,
vous pouvez nous écrire par courrier,
par courriel à info@hamac.qc.ca
ou consulter notre catalogue sur Internet :
www.hamac.qc.ca

835, av. Turnbull
Québec (Québec)
G1R 2X4

Dépôt légal :
Bibliothèque et Archives
nationales du Québec, 2018
ISBN papier : 978-2-89791-002-0
ISBN PDF : 978-2-89791-003-7
ISBN EPUB : 978-2-89791-004-4

Diffusion au Canada :
Diffusion Dimedia
539, boul. Lebeau
Montréal (Québec)
H4N 1S2

Ventes en Europe :
Distribution du Nouveau Monde
30, rue Gay-Lussac
75005 Paris

Nous remercions le Conseil des Arts du Canada et la Société de développement des entreprises culturelles du Québec (SODEC) pour le soutien accordé à notre programme d'édition, ainsi que le gouvernement du Québec pour son Programme de crédit d'impôt pour l'édition de livres.

Financé par le gouvernement du Canada | Canada

À ce que je n'ai jamais su
partager

two tattoos
one read ‘no apologies’
the other said
‘love is cursed
by monogamy’

Kanye West

we could’ve been
somebody

Kanye West

Je m'adresse à toi parce que je n'arrive plus à me parler depuis longtemps. Mon monologue intérieur s'est tordu dans un cocktail de pilules et je ne me rappelle plus de la dernière fois où je me suis entendu penser. Au peak de mes déchéances, j'ai trouvé les autres, ces autres que je superpose pour y entendre mon écho, une confirmation qu'au fond j'existe. J'ai trouvé les autres, question d'écrire mes plus sincères fictions, quand le temps feel comme un carambolage et que ma mémoire n'a même plus envie de s'accrocher à qui que ce soit. Les autres, dont le passage dans mon chaos aura fini, trois fois plutôt qu'une, à parler de moi plutôt que d'un Nous always too far, perdu dans les limbes du nightlife.

Chambre rouge

On était à deux coins de rue de Mont-Royal et De Lorimier sauf qu'on ne savait pas vraiment où. Y avait de la MDMA partout jusque dans nos langues ready to give up pis scrapper cette belle année où on s'est magnifiquement ignoré·es, tellement ignoré·es que t'as fréquenté les deux personnes qui comptaient le plus pour moi, mais là ça ne comptait plus parce que y avait de la MDMA partout dans notre sang en ébullition. Dans tous les sens du terme, on s'était cherché·es. On est sorti·es ensemble deux mois, ça aura pris un an avant qu'on s'en remette pis une pilule chaque pour ruiner notre beau travail. C'est pas pire pareil.

Emman gardait la maison d'un prof de cégep et je la squattais depuis une couple de jours. Même dans un roman ça sonne weird, ça sonne faux, mais je tiens à la vérité, la seule chose qui compte vraiment même quand elle n'a aucun bon sens. C'était la fête nationale, dont on se fout un peu, mais on voulait faire le party, surtout pour pouvoir rentrer du party, idéalement pas seul·es et surement que, one way or the other, on savait que ce serait ensemble. Alors on est rentré·es, ensemble, chez le prof de cégep en voyage, question de se faire croire pour vingt minutes qu'on allait pas baiser. Vingt minutes à prétendre que ça se repasserait jamais entre nous, que c'était une idée de marde et qu'on était pas mal plus responsables que ça. Il n'y avait rien de plus frustrant que quand les gens disaient que notre dernière année se résumait à essayer de se remettre de l'autre. On ne voulait surtout pas donner des raisons aux gens de répéter ça, alors on se mentait à nous-mêmes. Dans la chambre, Emman s'endormait dans une position semi-sexuelle avec une de nos amies. Alors qu'on était assis·es sur le sofa du salon, tu as déposé ta tête sur moi, un peu comme quand on s'était embrassé·es dans un party d'Hochelaga auquel on était allé·es rien que pour pouvoir s'embrasser pour la première fois. Cette fois-là coïncidait avec quand on a couché ensemble pour la première fois. Je pense que deux semaines plus tard je t'ai dit que je t'aimais en fixant le plafond de ma chambre. C'est un mois après ça que je t'ai laissée.

C'est sûrement toi qui m'as embrassé en premier, dans le corridor, juste avant d'aller sur le sofa replay cette première fois. Je ne voulais pas être responsable de te briser le cœur encore, fait que c'est surement toi qui m'as embrassé, mais j'arrive pas à m'en souvenir l'ordre des choses se laisse éclipser par les choses elles-mêmes. Probablement parce que tu donnes envie à tous les muscles de notre visage de te frencher. Anyway, nos bouches étaient enlacées comme si un an n'avait pas existé, en fait, comme si les deux mois qu'on avait passés ensemble s'étaient évaporés et qu'il restait juste des flux de salive à s'échanger au point de dissoudre le gout de se haïr, jusqu'à ce que la dope soit une excuse quantifiable pour vivre de quoi qui ne serait jamais. Je n'aurais pas cru qu'à la place de fêter ironiquement la Saint-Jean j'allais tomber amoureux quelque part sur un sofa de prof en voyage qui fait beaucoup trop confiance à ses ex-élèves.

J'ai tendance à me répéter, et ça doit être dû à la peur qu'on m'oublie ; être sûr de tout me rappeler, de réitérer tout pour cristalliser chaque chose en me disant que si je peux nommer et cerner toutes ces affaires-là, sans aucun doute on va être capable de me dire, de me faire exister, de me donner une certaine consistance en mettant en mots ce que j'étais incapable de m'expliquer moi-même. À force de dire, de décrire et de nommer, je vais surement arriver à voir mon propre nom s'écrire quelque part dans l'encre de ceux que je répète trop ou de ceux que je tais et tairai un peu toujours. On était sur le sofa, Emman et notre amie se donnaient l'impression qu'iels se désiraient parce que les belles personnes dans le début de la vingtaine, ça se désire. That's all. Les personnes dans le début de la vingtaine cherchent à s'écrire quelque part en l'autre, même si les mots s'évaporent plus vite que l'alcool.

Tu as une manière d'ouvrir la bouche quand tu embrasses : t'éloignes un peu ta lèvre du haut et pousses l'inférieure, et ta langue trace une ligne verticale, que j'imagine parfaitement droite, frôlant la lèvre de l'autre et faisant s'élever les deux langues en synchronie, jusqu'à leur limite. Ce qui est drôle, c'est que ça ne dure même pas cinq secondes. Ce qui est drôle, c'est que ce n'est clairement pas réfléchi, mais comme tout ce qu'on fait, c'est méticuleusement peaufiné. Chaque parcelle de nous est perfectionnée et réactualisée pour arriver à deux idéaux finement lissés qui, éventuellement, vont se détruire en cultivant l'art d'être opposés. Mais, à ce moment-là, tu ne me détruisais pas sur le divan ; tu redessinais ce qui allait devenir une câlice de belle déchéance. Ensemble.

Dans un mouvement presque aussi naturel qu'une mort, on est passé·es du sofa au bureau. On a ri un peu en voyant Emman et notre amie tenter de ne pas s'endormir en essayant d'être flirty, question de performer leur âge. Le rideau rouge du bureau filtrait la lumière du lampadaire. On s'est embrassé·es sur le futon face au bureau de travail. Tu étais assise sur mes jambes. On se donnait une autre chance de converser entre les lignes de salive encore amères de drogue, de se dire hors du langage comment qu'on regrettait de ne jamais avoir su vivre ce qu'il fallait vivre au-delà des deux mois de l'année précédente, au-delà du « je ne peux vraiment pas être en couple en ce moment », de se dire qu'il nous restait encore deux ans pour s'aimer, deux ans from here to New York, en passant par toutes les chambres, avant que ça finisse pour vrai au métro Papineau, avant que je ressente pour une dernière fois le besoin de dire ton nom au travers des autres, au travers d'au moins deux autres.

Félix I

Je te qualifie de « dead » quelque part dans un poème. Tinder match tombé au parfait mauvais moment. Septembre était en train de me crisser une volée et j'imagine que c'est comme ça, pendant que nos émotions ont la gueule en sang, que les vrais débuts apparaissent. C'était pendant mon deuxième break-up avec Justine, le moment où les retrouvailles romantiques de la Saint-Jean finissaient par s'étioler et laissaient jaillir le fucking mess qu'on était. Même après qu'on s'est laissé·es, je restais près d'elle, à m'assurer de répondre au téléphone quand elle avait besoin de parler à quelqu'un, même si elle me disait avoir besoin de s'éloigner de moi. Notre relation allait straight vers le crash, elle était vouée à fondre sous les flammes d'une chambre rouge aujourd'hui trop loin, condamnée à se ranger avec d'autres souvenirs de débauches pointless.

Écrire, c'est se donner le droit de parole à tort ou à raison quand on l'a perdu trop de fois. Même si ma parole prend mon bord, même si je parle toujours en ma faveur, même si c'est impossible de me défaire de mon point de vue. Ça reste moi qui parle et la vérité est filtrée. On m'a souvent complimenté sur ma force de caractère, sur mon « authenticité ». J'ai toujours parlé assez fort pour être sûr qu'on le répète, pour être sûr que tout le monde y croit, à défaut de me croire moi-même. Je prends le droit de parole de peur de m'enterrer tout seul derrière les voix qui me hurlent dessus dans ma tête. Écrire, ça m'assure au moins de pouvoir m'entendre, question de rejoindre les voix, de franchir les larmes qui bouchent ma gorge, pendant que le temps me coule entre les doigts et que la ligne coupe.

Ça faisait juste quelques mois que tu étais arrivé·e d'Edmonton. On s'était croisé·es une fois avant à la même place, dans ce bar queer de la Plaza, un moment awkward dont on se souviendra. Je devais changer de langue, apprendre à vivre en anglais. Tu étais venu·e avec quelqu'un d'autre, j'étais un peu par accident avec Justine. On s'est regardé·es quelques fois. Je ne croyais pas encore à l'astrologie, let alone au destin, mais nos tatous fittaient : les mains sur mon avant-bras gauche implorent alors que celles sur ton épaule droite soutiennent. La fumée et les miroirs du Félix nous ont avalé·es ; toi, fondu·e quelque part avec l'autre, moi, chez Justine, encore soumis à un amour qui me détruisait sur le beat des cocktails de drogues quotidiens, un amour qui ne croit plus aux phénix. Toi et moi, par contre, on s'est revu·es, another shot at instant love. Sans autre. Sans Justine. Au Félix.

Come see me upstairs later if you want to.

Later, je te rejoignais dans la chambre au premier étage du bar et j'ai été m'assoir sur tes jambes. Drunk as fuck, titubant même assis. Il y avait une autre personne qui essayait de flirter avec toi. Je ne m'excuse pas vraiment d'avoir interrompu votre interaction. Les choses importantes qui sont en train de se passer n'ont pas à s'excuser d'arriver. Dans une succession de mots vides, de préfaces à un amour déjà palpable, on s'est embrassé·es, des désirs sans langue plein la gorge. Je remarquais déjà tes cicatrices avant de les toucher, avant de frôler les interlignes de tes douleurs. Il pleuvait des salives délaissées, nos corps déshabillaient la chaise, une vulgarité naïve qu'on s'imaginait passagère. Je ne sais pas comment c'est arrivé, mais deux minutes plus tard, on se prélassait sur le plancher. En fait, on se frenchait sur le tapis de Pabst Dry collant qui jonchait le carrelage, as if quelqu'un avait judicieusement appliqué une couche avant le party pour s'assurer que des amant·es y resteront stuck. J'ai relevé la tête, et dans l'obscurité de cette intimité artificielle, je voyais qu'il fallait s'avoir, peu importe les petites destructions qui viendraient avec. Je me rappelle à peine des vodka cranberry ou whatever quel autre alcool on avait dans le corps ou de comment on en est venu·es à se décoller du plancher entre les hordes de gens qui s'embrassaient autour et qu'on s'est décidé·es à rentrer chez toi. Je me rappelle surtout n'avoir aucune idée où j'allais, mais vouloir absolument m'y rendre, vouloir me rendre un peu n'importe où avec toi. Y avait de quoi comme l'espoir de s'en sortir au bout de cette nuit-là. Je sentais l'importance de ce qu'on vivait, de ce qu'on avait à vivre no matter what. Peu importe à quel point c'était spontané et incohérent. Peu importe à quel point je ne te connaissais pas vraiment, à part une couple d'échanges un peu lame sur Tinder. En arrivant, on s'est embrassé·es, ça s'est arrêté là quand ton ventre a décidé de se rebeller contre toi, contre notre date, contre nous. La soirée s'est effacée sur cette douleur et une succession interminable de baisers, du bar à chez toi. Elle s'est inscrite en nous, en nos ventres, une signature liquide ineffaçable.

Le lendemain, j'ai appris où se trouvait le métro Villa-Maria, j'avais perdu mon iPod, je ne savais pas comment on s'était endormi·es. Tout ce qui était sûr, c'est qu'on allait se revoir dans trois jours. Hubert Aquin était peut-être mort près d'ici, mais nous, on est né·es quelque part dans ce quartier bourgeois où tu avais land comme une balle perdue. Tu étais ce deuxième nom qui s'apposait quelque part dans ma vie alors que le premier peinait à cicatriser. Tu n'étais pas cet après-Justine, tu étais l'idée qu'il y avait autre chose. Cette chambre-ci ne serait jamais rouge, mais elle portait la promesse d'aimer. Once again.

Hochelaga

Il y avait le cégep aussi, l'endroit où on a commencé pour de vrai. Je ne sais pas si à la place je devrais parler de la fois où je t'ai croisée dans le local de notre asso étudiante pendant que tu essayais d'apprendre la guitare à notre amie Louisane. Cette fois-là, on s'est vu·es environ deux minutes. Ta présence m'intimidait et, usually, comme je l'apprendrai plus tard en fréquentant Polly, c'est un bon signe. Avoir le feeling que quelqu'un peut fuck up ma vie me rassure. Je me suis dépêché de faire ce que j'avais à faire dans le local en ayant l'impression que même les murs remplis de graffitis pseudo-révolutionnaires riaient de la gêne et de l'awkwardness qui nageaient dans mes yeux. On se reverrait juste la session d'après dans le cours de cartographie. Notre prof avait demandé à celleux qui aiment la poésie de lever la main et tu m'admettras par la suite l'avoir levée en me voyant le faire pour que je puisse te remarquer. Je trouve encore ça assez cute. On a joué du coin de l'œil pendant une couple de semaines. Je me rapprochais à chaque cours en essayant d'arriver assez tôt pour avoir le choix, mais juste après toi pour savoir où me placer.

On s'est parlé pour la première fois, pour la vraie première fois, dans une soirée de poésie organisée par un autre cégep. On a fini par se retrouver dans la même conversation dehors pendant que tu fumais une clope. Je me suis forcé à parler à une de tes amies avec qui j'étais en froid, question d'établir un pont temporaire entre nous deux. Un pont que je câlisserai en feu assez vite par la suite. J'imagine que c'était un peu wrong, mais je voulais te parler. Je devais te parler. Ça faisait peu de temps que j'avais break up avec ma première copine, celle avec qui j'avais passé la fin de mon secondaire et le début de mon cégep. Les couples du secondaire ont un arrière-gout d'éternité comme si on allait évidemment passer notre vie avec une personne rencontrée pendant qu'on est à peine une personne pour vrai. Anyway, notre rupture datait d'environ trois semaines, au mieux de ma mémoire. Mais il fallait absolument, plus que toute chose, qu'autour de ta cigarette on puisse vivre cette connexion, ce spark qui nous brulerait à jamais giclant de notre haine commune des gens qui trippent trop sur Harry Potter. On a commencé de même, tous les deux en vendetta contre Harry Potter. Le jour d'après je me suis assis devant toi dans le cours de cartographie. On s'est parlé à la pause.

On se parlait depuis quelque temps. Je savais qu'il devait se passer quelque chose, mais ma retenue est phénoménale en matière de premiers pas. Quand je mets en évidence mon intérêt, je laisse la place à l'autre personne pour qu'elle avance vers moi, afin de m'assurer que ce n'est pas un one-way. Ça évite un peu le rejet, ça permet de se dire que l'autre personne n'a peut-être juste pas le gut de faire le premier pas et qu'on est mieux d'en rester là. At the end of the day, ça n'aurait pas été très grave, sur le moment, si on en était resté·es là. No matter what, même en sachant aujourd'hui qu'une myriade de ruptures et d'engueulades s'est ensuivie, même en sentant la trace indélébile de notre couple dans ma tête fêlée, je suis bien content qu'on ait été plus loin, que tu m'aies emboité le pas dans ce qui allait être a beautiful dark twisted fantasy.

Je ne parlerai pas ici de quand je t'ai invitée à aller à un show de Loud Lary Ajust à la Sala Rossa pour apprendre après que tu détestais le rap. Je ne m'attarderai pas trop non plus à la fois où on allait chez quelqu'un qui était mon amie, qui deviendra plus tard une de tes meilleures amies et une parfaite étrangère pour moi. Cette fois-là quand notre date s'est sublimée en dégustation de Pabst et de malaise dans ma chambre et qu'on s'est couché·es l'un à côté de l'autre en se regardant, la tension prise dans les nœuds de nos cils. Cette fois-là où on n'a pas dormi de la nuit parce que trop fébriles à l'idée de s'embrasser et que dans le fond on n'a rien fait d'autre qu'attendre le premier move qui ne viendrait jamais. En tout cas, pas cette nuit-là.

Mais le lendemain, though, ça, je veux en parler. C'était pas longtemps après la grève de 2012. On rejoignait des gens au Pub Maisonneuve. Je me crissais bien des autres. Je voulais juste te voir. Fallait poursuivre là où notre nuit platonique de la veille nous avait laissé·es. On s'était donné la chance de se connaître en marchant sur cette tension réciproque qui nous a empêché·es de dormir, trop occupé·es à se regarder, à attendre que quelque chose qui devait arriver finisse par arriver, que le char de nos corps se mette à capoter et que nos destins fassent une embardée éclatante. On s'est donné rendez-vous au pub avant de se rendre dans un appartement pas très loin de là avec du monde de la grève. La soirée laissait présager qu'on n'allait pas continuer de marcher sur la tension, surtout que j'ai même pas l'équilibre nécessaire pour savoir faire du bike. Même si la solitude me terrifie, j'avais peur de ne pas savoir comment gérer qu'une personne soit attirée par moi. J'avais peur que ce soit une des choses que je ne savais plus faire après ma relation du secondaire, comme patiner mieux qu'un enfant de quatre ans qui vient tout juste de délaisser sa petite chaise en plastique. Quelques bières plus tard, on se rendait au party.

Ça n'a pas été vraiment long avant que quelqu'un nous demande si on était en couple. Tu étais assise alors que j'étais debout, ta tête appuyée contre moi, et on se confortait dans le doux d'une affection à venir. Notre gêne devenait bizarrement un tas de coussins où se vautrer. Dès que la question a été posée, tu as tassé ta tête, je me suis raidi, on a lâché un *non* en parfaite synchronie. Jinx. Je ne sais plus trop combien de temps a passé avant qu'on aille sur le sofa pour parler. Je ne sais plus trop combien de temps a passé avant que tu mettes ta tête sur mes genoux, que je sois en train de la flatter et que, dans un élan sec, tu m'embrasses. Nos bouches étaient pognées à découvrir toutes les manières possibles de se toucher pendant que la fête se déroulait en marge de nous, devenait du white noise. Je crois que quelques personnes sont venues nous voir pour nous faire des jokes. Je ne me rappelle que de la personne qui a dit que de me frencher, ça se plaçait bien dans un CV. On est parti·es, moins par malaise que par nécessité de l'intime, de quoi de rare dans les apparts miteux adjacents aux bars à poudre.

En chemin vers chez moi, à quinze minutes de là, on ne pouvait plus se lâcher. Un warm-up avant de s'aimer. Ça donnait l'impression que ça faisait quelques mois que la game durait même si le début de la session n'était que quelques semaines derrière nous. On s'embrassait avec une passion qui nous suivrait pendant très longtemps. Par la suite, les gens diront qu'on était ce couple passionnel, celui qui n'a jamais vraiment su vieillir dans tout ce que ça implique de positif et de négatif. On a gardé la passion d'un couple de quelques jours, d'un one-night ardent, pendant des mois, la passion qui sait devenir drame après le temps, qui sait décaper la peinture juste pour laisser dans toutes les pièces quelques miettes de comment on se sent quand on aime pour vrai au point d'en assumer les dommages irréparables. À ce moment-là, on n'était pas un couple. Arrivé·es chez moi, couvert·es de nos anxiétés, on a baisé dans l'angoisse et l'inconfort, mais surtout dans la nécessité d'un something à advenir bien au-delà de cette nuit-là. Quelques jours plus tard, on sortait ensemble. Quelques semaines plus tard, un peu out of the blue, j'allais te demander à te parler dans une cage d'escalier du cégep. Je devais te parler pour te dire

Je ne peux pas être en couple, en ce moment.
Je suis vraiment désolé.

Même si tu m'en as voulu, même si on m'avait dit que ça ne se faisait crissement pas de laisser quelqu'un de même avant la fin de session, tu me diras plus tard que c'était mieux comme ça pour toi aussi parce que ça t'aura permis d'être confrontée à ton incapacité d'être toi-même avec moi, que ça rendait la relation inégale. Je te dirai que c'était mieux comme ça parce que j'étais fresh off ma rupture du secondaire, que je n'étais pas encore prêt à t'aimer à m'y perdre comme j'allais le faire. Je commençais à peine à remarquer que ma tête rushait, je passais quotidiennement d'une tornade hyperactive à une loque déprimée, du lynx à l'escargot. On se dira que c'était mieux comme ça quand, malgré les froids et l'amertume qui nous suivaient quand on se croisait dans les nuits toujours trop longues à Montréal, on allait quand même se retrouver dans le détour d'un party de la Saint-Jean l'année d'après. Celui qui mènerait à une baise dans un appartement de prof de cégep. Celui qui mènerait à ce qu'on soit en couple avec toute l'intensité qui nous a permis de dire

Je t'aime
Je t'aime

à chaque première fois.

La fête de ton amie

Je t'aime encore tellement, câlice.

Nos cris noyaient les ruelles, quelque part dans le Mile End. Quelques jours après m'avoir dit que tu ne souhaitais plus vraiment faire d'effort, que tu ne savais plus s'il fallait qu'on soit encore ensemble.

Si on est ensemble, c'est pas parce que je peux
pas être avec quelqu'un d'autre.
T'es remplaçable, okay ?
Ben, remplace-moi, criss.

Le lendemain, tu t'excusais déjà. Tu me disais que tu ne savais pas pourquoi tu agissais comme ça, mais que tu ne pourrais jamais être la partenaire qu'il me fallait. Je m'excusais d'avoir dit que t'étais remplaçable. J'expliquais qu'au fond c'était pas la peur d'être seul, mais vouloir rester avec toi qui me faisait endurer tout ça. Tu me disais que j'étais dépendant affectif, que t'essayais d'être ma partenaire parfaite et que c'est comme ça que tu me gardais. Ce n'était pas vrai et j'essayais de te le faire comprendre. Toute ma vie j'ai appris à survivre en m'adaptant aux gens, à mon environnement, aux autres et même, ou surtout, à toi. Je me suis nié à chaque fois, je me suis refusé le droit de te dire ce qui me tuait daily avant de ne plus pouvoir l'endurer. J'ai appris à swallow up toute ma vie, à survivre, à m'enfuir du rejet à venir. Gemini love, câlice. Chaque jour me demande de m'adapter plus à ce qui ne me ressemble pas, à ce qui ne me convient pas, même si ma tête est incapable de se fixer, que je n'ai jamais connu la stabilité émotionnelle, que chaque jour se ponctue de highs et de lows à ne plus en finir jusqu'à l'essoufflement, un test navette perpétuel qui se passe entre mes tempes. La semaine d'après, j'allais te laisser au métro Papineau en te disant ne plus savoir comment supporter d'être traité comme ça. Cette même semaine où Polly et moi sommes revenu·es ensemble, presque un an après notre première date au Félix. Tu m'avais dit vouloir aussi qu'on se laisse parce que, même toi, ça te dépassait d'en être rendue là, qu'on en soit rendu·es là.

Mira Gonzalez écrivait : « I feel happy that my neighbours have a relationship that is important / enough to yell about ». Je me demande souvent si j'aurais préféré que ce soit les voisins qui soient en train de se crier dessus, et pas nous.

New York

On partait pour New York à la fin mai pour ma fête. Ma première fois aux États-Unis. Ça faisait un mois que les choses allaient particulièrement mal entre nous, que les voisins étaient surement sur le bord d'appeler la police tellement qu'on se criait dessus. Je ne savais plus si je pouvais continuer notre relation. Tu m'admettras ensuite que tu ne le savais pas non plus pendant tout ce temps-là, avant même d'apprendre que c'était réciproque. Tu es devenue beaucoup plus distante, plus irritable. On se retrouvait dans une situation où tu testais les limites de notre couple un peu plus au fil des semaines, peut-être pour que notre rupture se fasse d'elle-même. Quelques jours avant de partir, on s'est remis·es en question. T'avais frenché quelqu'un comme pour clore le tout, même si le lendemain tu ne l'assumais plus autant. La balle était un peu dans mon camp et je n'arrivais pas à savoir quoi faire avec. Je n'ai jamais su quoi faire avec les balles. Sauf que je voulais qu'on aille à New York ensemble. Je savais que ça se passerait bien, que c'était forcément notre dernière chance à croire qu'on pouvait se sauver. Après tout ce qu'on avait vécu, après la chambre rouge, après que j'ai laissé Polly pour qu'on revienne ensemble, c'était impossible de juste nous laisser nous effondrer. J'ai de la misère à accepter qu'on puisse juste crasher sans aucun happy ending, sans vraie résolution, que notre histoire ait sa fin d'annoncée et qu'on puisse rien y faire.

Le voyage a duré quatre jours. Deux jours interminables passés à prendre un bus, et deux à se rappeler pourquoi on s'aimait, pourquoi, au fond, notre destruction en valait la peine. Je ne me souvenais pas de la dernière fois que je t'avais vue aussi bien, à l'aise avec ce qui t'entourait, à l'aise avec moi. Notre relation reprenait vie avec toute la spontanéité qui nous avait attiré·es l'un à l'autre deux ans plus tôt au cégep, quand on se déplaçait pour que les étoiles s'alignent. Notre relation se débattait, l'amour resurgissait comme si pendant tout ce temps il nous attendait de l'autre côté de la frontière. Tu trouvais que sortir de Montréal me faisait bien, que j'avais l'air d'un enfant émerveillé face aux nouvelles rues, aux nouveaux buildings, aux nouveaux endroits où être wasted. Pour une fois, j'étais sans attaches, sans ma ville, sans la pression de devoir être celui que tout le monde s'attend que je sois. J'ai toujours un peu été un enfant, même si trop cynique, trop rationnel, trop froid. On me compare souvent au Sherlock de Benedict Cumberbatch. J'aime croire que je suis plus agréable que ça. Just a little bit.

Sauf que je n'étais pas juste émerveillé par les buildings ou les grandes rues sur lesquelles on ne peut pas fumer. J'étais émerveillé par nous, par notre couple qui existait une autre fois, hors de ta chambre, la seule place où on avait l'air d'être autre chose qu'un désastre. Tu rayonnais avec ta sensibilité, tes manières d'être entre le cute et le trashy dans tout ce que tu fais. J'arrivais à être moins instable, usually étant ingérable. Même si en deux ans, mes ami·es répétaient non-stop que tu me détruisais, je résistais, je disais que notre amour valait la peine, qu'au fond personne savait comment c'était entre nous pour vrai. Ces quatre jours à New York m'ont confirmé que j'ai eu raison de le faire. Parce qu'à travers les trous de tes bas de nylon, j'ai toujours su voir nos chances de nous en sortir. Ensemble.

À New York, on a bu du vin dégueulasse avant d'aller dans un bar crade. On a dansé sur un dancefloor vide pour l'inonder aussitôt de jeunes professionnel·les ready to mingle. On a mangé dans un restaurant libanais en apprenant que les restos « apportez votre vin » sont rares aux États-Unis. On a vidé un pichet de Bud Light flat dans un bar de coin de rue. On a baisé sur le sofa de notre chambre partagée à six pendant que nos cochambreur·euses à l'auberge de jeunesse étaient surement parti·es prendre des photos de la statue de la Liberté. On a marché back and forth la longueur de Manhattan. On a pris le métro dans les cas extrêmes, dans les heures extrêmes pour assister à des stand-ups humoristiques. On a pris des photos de profil à venir. On a été au MoMA pour changer d'idée en arrivant devant parce que fuck les files d'attente. On a mangé de la pizza dans Central Park en buvant de la bière importée. On a oublié tes angoisses. On a oublié mes mood swings, mes spasmes. On a oublié les autres. On s'est aimé·es comme il faut, une dernière fois avant de revenir, avant que les choses se répètent, avant Chertsey, avant la fête de ton amie, avant le métro Papineau. C'était la dernière fois, mais on s'est aimé·es pour vrai avec cette intensité, notre intensité, ce qui nous a gardé ensemble tout au long de notre belle tempête qui a traversé les partys du nord au sud.

Plaza Saint-Hubert

Chaque semaine se ponctuait de ces soirées, de nouvelles raisons de s'haïr, de nouvelles manières de se réconcilier, de s'excuser. On s'était laissé·es depuis quelques semaines déjà, mais c'était pas tout à fait fini. Nos cris s'empilaient sous les toits de plastique de la Plaza. Tu disais ne plus savoir quoi me dire. Ton amie venait de t'appeler : elle voulait meet up avant d'aller dans un after. As usual.

On quittait un party protocolaire dont on ne se souviendra pas. La répétition met en évidence ou sinon elle efface complètement, rend numb un peu à tout. Quand j'écris, je me répète au point que, lentement, je tourne en rond. Les mêmes formulations, les mêmes référents glissent dans ma tête, les mêmes images que je déforme, que je décâlisse au fil de mes pulsions. Rick Owens dit en entrevue que son travail de designer est « a very quiet walk around the main story ». J'ai l'impression que c'est ce que je fais : traduire en une marche lente toutes ces fois où je me suis trainé les joues shootées d'alcool et de larmes sourdes, les yeux veinés de drogue et la langue trop sèche pour te demander de rester.

Je cartographie mes déboires, trace une généalogie de comment je me scrappe quotidiennement quand les bars s'évaporent au même rythme que les années qui me restent. Montréal me rappelle que ses nuits sont longues quand elle met ma vie sur fast forward. La ville diluée dans le fond de mon verre ou agrippée comme faut sur les parois d'un bill roulé confirme que je mourrai où je suis né. Montréal accueille et enterrera le roller coaster messed up que je suis. Tous les partys feel comme le même party, j'essaie de les figer quelque part dans mon écriture pour qu'on se rappelle le feeling quand on finit par se perdre

Tu vas vraiment partir comme ça ? Ça va être ça ?
Tu vas nous laisser là-dessus
pour aller dans un autre party ?

Qu'est-ce que tu veux que je te dise de plus ?
Tu sais que ce n'est pas juste un party pour moi
et que mon amie m'attend.

Il y a des solitudes qui apparaissent comme ça au milieu des mannequins de bébés en plastique creepy et des robes de bal à paillettes en spécial. Des solitudes qui me rappellent mon enfance passée seul à remplacer dans l'insomnie le père par un écran quand les murs de ma chambre se refermaient sur ma psyché déjà fucked up, hantée d'anéantissement. Je ne croyais pas notre fin aussi proche déjà, je ne voulais pas croire que ça en finirait là et, peu importe ce qui allait se passer à partir de là, cette soirée-là, je suis resté seul à me laisser couler sur les touches trop petites de mon téléphone.

Ma chambre

Quelque part en mi-session. Fallait que je trouve *Fontainebleau* de Michael Delisle à la dernière minute. As usual. C'était une de ces journées-là, une journée de down de plus pendant une phase de down qui s'étirait, alors que toi tu t'éloignais de moi, de notre relation. Les partys s'accumulaient, je m'isolais, m'usais, me détruisais chaque jour un peu plus dans l'effritement des draps et de la drogue.

J'ai besoin de me créer mon univers,
de me rapprocher de mes amies.
Je veux me sentir une personne entière.

J'ai appelé cinq bibliothèques, défriché tous leurs sites internet avant de tomber sur une à Anjou qui l'avait à son inventaire, à une demi-heure de transport en commun de chez moi. Le ciel était couvert, j'avais l'esseulement pogné partout dans la gorge, le type qu'on ne devrait pas ressentir après avoir été en couple depuis basically toute la fin de son adolescence. En me réveillant, je t'avais texté que je sentais que ce serait une de ces journées insupportables où le stress pesait sur ma santé mentale, déjà en lambeaux. Tu disais me comprendre, m'avais proposé de me rejoindre après avoir vu tes amies en soirée. Je t'avais remerciée, la bouche shut down, retenue par une crise en gestation. Ma tête jouait contre moi. As usual.

J'ai pris la 85 en direction de l'est, sachant très bien que j'étais ma propre proie, que partout où j'irais pour le reste de mes jours, je serai forever ma pire maladie. Je ne suis peut-être pas the only thing I'm afraid of, mais je me redoute plus que n'importe quel mélange toxique foutu dans le fond d'un verre. Chaque traversée de l'Est me rappelle, même encore aujourd'hui, que je passe ma vie à me détacher de mes racines, à devenir le plus vite possible mon ennemi de classe, à me faire croire que le Comme des Garçons, le Yohji Yamamoto et le Missoni pouvaient camoufler le ciment craqué d'Hochelaga sous ma peau translucide. L'autobus m'enfonçait dans un passé que je fuyais constamment, une ignorance qui me demandait de courir, de lire et de vivre plus vite que les autres, qui me demandait d'en faire le double pour être au même niveau que celleux qui m'entouraient. Ton background privilégié te faisait oublier la peur qui se cachait derrière mon arrogance et mon égo : la peur de rester pris entre les barreaux qui encagent les casiers d'Édouard-Montpetit.

La bibliothécaire cherchait de son mieux, mais après vingt minutes il fallait se rendre à l'évidence : l'inventaire était erroné, le livre avait disparu. Visiblement, les fans de Michael Delisle parcourent les bibliothèques pour dérober ses œuvres. Je m'étais rendu jusque-là pour me faire dire non. J'imagine que c'est une estie de belle métaphore prémonitoire pour notre couple qui rushait à en rester un. En sortant, il pleuvait, ça masquait les larmes qui tombaient sur mon vieux BlackBerry et ses petites touches, pendant que je te textais n'avoir aucune idée comment j'allais trouver le livre. Tu me rassurais du mieux que tu pouvais, à distance, sans pourtant me promettre plus que de me rejoindre plus tard, vers une heure du matin, après ta soirée. J'acceptais ton refus des compromis, comme quoi la seule chose qui pouvait se compromettre était ma personne. Tu sais aujourd'hui que je t'en ai voulu après ça, même si je me suis fait croire que je te comprenais à ce moment-là, que je pouvais faire taire le ciel et mes envies de devenir une tragédie, un fait divers éparpillé à' grandeur de la chaussée sur une rue trop loin dont je me câlisserai éternellement du nom.

De retour chez moi, je ne pouvais pas bouger de mon lit. Hyperactif intellectuel jamais diagnostiqué, pris dans un ouragan émotionnel depuis la puberté, j'ai rarement été capable de passer plus d'une heure sans faire sept-huit choses en même temps. Même si des fois ça me prend de brailler et de pogner des spasmes. Comme Maude Veilleux, j'ai passé quatre heures à scroll down la vie des autres, à refresh et à sauter entre les onglets en attendant que tu me confirmes ton départ, en attendant que tu passes de la vie des autres à la mienne. My loneliness on hold pendant que je me chuchotais que ça passerait peut-être quand on serait ensemble, même si tu insistais sur le fait que tu ne pouvais pas m'aider à aller mieux.

À peine passé une heure du matin, mon téléphone a vibré

J'ai manqué le dernier métro.
Je suis vraiment désolée.

Je ne sais pas comment j'ai réagi, mais tu savais que je me doutais un peu que tu avais préféré me laisser seul. Tes amies voulaient allonger la soirée en allant vider quelques shots dans un bar pendant que toi, tu commençais à marcher vers le métro. Tu as hésité avant de choisir les shots. Valait mieux bond avec l'univers auquel tu voulais appartenir que de venir me voir. Je n'irai jamais mieux de toute façon. Dans un accès de colère tu me diras plus tard d'apprendre à deal avec moi-même tout seul et que toi, tu avais besoin des autres. That's all.

Sauf que pour moi ce n'était pas tout. Ce ne le serait jamais. Je me suis senti inférieur aux validations qu'on trouve au fond des shots spontanés, inférieur aux soirées qui s'étirent for the sake of it, inférieur aux autres qui veulent juste sortir pour ne pas boire seul·es. J'aurai toujours l'impression d'être un boulet de plus à trainer dans chaque relation que j'ai traversée, même avec Polly ou même avec Lye plus tard. J'aurai toujours l'impression que rien ne changera, que je serai en trop, à en faire un peu trop et que mes émotions doivent être vécues pendant mes moments de solitude prolongée, pendant que je fige devant le défilement de mon feed Facebook. Je ne peux pas dire que je m'en sois remis, je ne peux pas dire que je me sente encore de taille face à des shots de tequila, je ne peux pas dire que je n'aie pas honte de m'attendre à ce que qui que ce soit me vienne en aide, même si c'est rien que pour une soirée. Une honte amère traine dans les racoins de ma bouche ever since, un écho gardé au chaud qui refoule les attentes d'un soutien quelconque à venir, un « fuck you » chargé dans ma mâchoire, ready to fire avant même qu'on me déçoive. Just in case. Depuis nous, notre relation disloquée à travers les afters, la Plaza, l'Est, les shots, mais surtout depuis cette nuit-là, la décence humaine la plus élémentaire m'apparait un peu trop comme quelque chose d'extraordinaire.

Ça me fait étrange d'écrire ça. Le problème, c'est que quand tu ne te défends pas, ça met en évidence que je ressentais, peut-être à tort, que ton besoin de validation prenait le dessus sur ce que je représentais pour toi. C'est peut-être de ma faute, à force de me compromettre en attendant qu'un jour ça me revienne. Qu'à force de souffrir, qu'à force de me perdre, j'aurai peut-être un jour la garantie de ne plus être abandonné. Il y a visiblement de ces soirées qui savent prendre corps dans notre tête, même en notre absence. Il y a de ces absences qui nous shakent, qui rendent les lits plus solitaires qu'avant, qui nous font comprendre Chelsea Wolfe quand elle dit : « And knowing that I knew you in this bed / makes me want to die in this room ».

Plusieurs années après, je peux dire que je ne fais confiance à personne qui me dit prendre le dernier métro.

Lion d'Or

C'était la première « Levée d'Écrou ». Ça faisait environ un mois qu'on n'était plus ensemble, mais qu'on se voyait de temps en temps, quand ça te convenait. Tu me disais souvent que tu ne pouvais pas comprendre qu'on se soit laissé·es parce que j'étais encore là quand tu avais besoin de moi, que c'était peut-être childish de ta part, mais que tu avais de la difficulté à apprendre sans drame, sans que notre rupture soit une haine qui engloutisse tout ce qu'il y avait déjà eu de bien entre nous.

On s'envoyait sporadiquement des textos, des Scotch tapes qu'on met pour se faire croire que les choses tiennent encore. À peine plus souvent qu'on couchait ensemble. On avait recouché ensemble pour la première fois après s'être laissé·es une couple de semaines avant, un lundi après s'être vu·es à la Rockette. Ce lundi où on se cachait pour se frencher dans une ruelle en se disant que c'était la pire idée de l'histoire des idées et où je te rassurais en te disant que de toute façon je me câlissais pas mal de vivre, surtout à ce moment-là de l'histoire. Ma tête jouait contre moi à chaque seconde. Je déjouais la mort à répétition en transformant mon quotidien en une série d'anecdotes surréalistes qui présageaient le désastre. Je me disais que ma mort serait, at least, un esti de show. Juste après la Levée d'Écrou mon téléphone vibrait, un incoming call

Salut.
Je voulais juste te dire
qu'hier il s'est passé quelque chose.

J'imagine que c'est mieux que je te le dise par téléphone.
J'ai couché avec quelqu'un.

Des fois, je sais que les mots justes n'auraient pas pu apparaitre autrement que lorsqu'ils s'échappent spontanément de ma bouche

Félicitations, t'auras réussi à accomplir quelque
chose. T'auras réussi
à me détruire complètement pour vrai.

C'était peut-être notre deuxième rupture, mais sans aucun doute notre première fin. Celle qui aurait peut-être dû être la vraie, question d'ajouter aucun chapitre, d'éviter de se perdre dans la complexité de notre errance émotionnelle. Même aujourd'hui, je ne serais pas capable de dire ce qu'on aurait dû faire. Pendant cette semaine-là, je t'ai vue et j'ai rencontré Polly. Pendant cette semaine-là, on s'est laissé·es pour vrai. Un mois plus tard, j'ai rompu pour la première fois avec Polly pour qu'on revienne ensemble, toi et moi, qu'on se redonne une chance de plus parmi quelques milliers de chances de plus comme si chaque dispute, chaque échec pouvait se ponctuer d'un peu d'espoir, d'un peu de brillance restée au fond de nous depuis la chambre rouge. Le poème « on ne se reverra plus jamais / mais on s'est revu quand même » a su résonner bien au-delà de *Bluetiful,* de l'Écrou, de nos ruptures.

Vancouver

On ne s'était pas vu·es depuis au moins une semaine. Le temps des fêtes évaporé quelque part entre les drogues et l'alcool à volonté. Je n'avais pas vu Polly depuis longtemps. Justine et moi, c'était encore une fois fini pour toujours, bien après le métro Papineau. On enterrait la chambre rouge, un peu plus, every day dans des messages envoyés randomly sur Facebook, une répétition qui consolidait lentement la vraie fin. Je sentais que je me perdais dans tout ça, je sentais que je me perdais à me multiplier entre les relations, entre les autres, entre celleux que je ne nomme pas ici parce que passé·es trop vite dans ma vie. Alors que tu restais chez toi, on se glissait quelques textos de temps en temps pour se dire le manque qui s'étirait, un élastique qui pèterait éventuellement, mais on préférait ne pas trop savoir quand. Je t'avais donné en cadeau *Ant Colony* de Michael DeForge et *The Artist* de Anna

Haifisch au réveillon, après mon party de famille. On aura pu se voir rien qu'une fois. Une grippe te crissait à terre et amplifiait ton anxiété pour te garder clouée au lit. One missed call pendant mon shift

I just talked to my mom about moving back.
I think I should.

J'irai chez toi une seule soirée après ça, environ une semaine plus tard. Ce sera la dernière fois qu'on se sera vu·es en chair et en os de nos vies. J'ai passé la soirée à me vider de toutes les larmes de mon corps pendant que tu m'implorais de ne pas avoir autant mal, que tu me disais que ce serait correct. Sans aucune vraie closure, notre relation a pris le bord et a traversé le Canada d'est en ouest. On s'est abandonné·es just like that alors que 2017 tardait à commencer, qu'elle appuyait sur snooze à répétition en espérant que les plaies se referment d'elles-mêmes et que 2016 n'existe plus, même sur Wikipédia. Je n'ai jamais été habitué à la solitude. Il y a une certaine ironie à me retrouver alone quand quelques mois plus tôt j'avais de la misère à faire coexister autant de gens dans l'horaire de ma destruction.

I wish we saw each other lol.
I miss you badly.
I'm in the airport.

On peut dire qu'on aura été une porte entrouverte, une rumeur d'échappatoire quand on en a eu besoin, quand nos vies nous laissaient croire qu'il ne restait rien de nous après nos ex. Je pouvais dire ça quand je ne voyais pas d'avenir entre Polly et moi, quand je m'effritais en croyant qu'une relation avec Justine pouvait miraculeusement se mettre à fonctionner. Même si mes larmes se sont fondues dans le grincement qui accompagnait la fermeture, il y avait un bonheur à trouver en dehors de ce qui nous brulait en plein hiver. Tu allais retourner à Vancouver. J'aurais aimé qu'on se revoie une autre fois. Et je dois avouer que sometimes, I miss you badly too.

Blackout I

Tout juste avant l'entrée de Polly dans ma vie, j'avais rencontré un dealer de médicaments. J'ai une bonne relation avec l'autodestruction. Je me détruis toujours avec passion, fougue et finesse. C'est surement une réponse à la surprotection de ma jeunesse. Elle aura créé chez moi une sorte d'idée irrationnelle que rien ne pourrait m'arriver. Jamais. I cannot die, this is my universe. Même si je suis capable de me ramener à la raison, de me dire que ce n'est pas vrai, que mon univers n'existe que dans ma tête. Ce n'est pas une question de ne pas vouloir vivre ou de vouloir mourir, c'est plutôt de ne pas pouvoir composer avec ce qui tempête entre mes tempes en permanence, une question de vouloir rajouter un peu de silence dans le trainwreck de ma tête, d'apprécier la beauté de la tôle tordue. Calmer les choses en jetant de l'huile, du gaz et de la C-4 sur le feu, mettons. Se dire que mon instabilité émotionnelle, mes crises, mes phases pourraient disparaitre à force d'empirer.

À force de suffisamment me désagréger, peut-être que j'atteindrai un point de non-retour qui effacera tout et me permettra enfin de me débarrasser de ma psyché défectueuse. Les explosions viennent avec de la lumière, non ?

Je refuse les diagnostics, je refuse souvent même de mettre les pieds chez le médecin. Peut-être que j'ai trop peur qu'on me dise que je suis plus malade que je le pense, que derrière le fait de me traiter moi-même de câlice de messy junkie, il y a plus encore. Je peux ignorer les visites chez le médecin tant que je veux, reste que mon humeur ne s'améliore pas, que je suis toujours hanté par la chute inévitable, le fall from grace qui me fait passer de mon hyperactivité matinale à des pleurs gueulés à tue-tête quand je suis seul, quand je sing along *Haligh, Haligh, a Lie, Haligh* de Bright Eyes. J'ai peur de me retrouver face à moi-même parce que je me sais capable de toutes les fins possibles. Je sais que mes bas suivent mes highs et qu'ils sont proportionnels. Je sais que la drogue aggrave mon état et que l'arythmie m'attend à l'ombre. Je ne sais pas si un jour je trouverai plus que des noms d'appui, je ne sais pas si un jour je me sentirai fonctionnel. Je sais par contre que d'ici peu, je risque encore de plonger dans le crissement creux, de pleurer que je suis incapable d'atteindre ce qu'il y a au fond de tout ça et que les médicaments de contrebande vont repousser le médecin à demain en me faisant tituber jusqu'à ce qui sera sans doute la finale la plus cliché.

Je n'avais jamais essayé le Xanax avant, je voulais juste help the pain, make it go away. J'ai pris un milligramme. J'en ai repris un autre plus tard même si tout le monde essayait de m'empêcher de le faire. J'ai hurlé à Emman que je voulais de la slush. À peine capable d'articuler les lettres, la bouche déjà en fond de slush par le mélange de Four Loko, d'anxiolytiques et de heartbreak. Il m'a fait un smoothie pour que je ferme ma gueule. Je l'ai bu et, cinq minutes plus tard au maximum, je réitérais comme une incantation mon plan d'aller sur la Promenade Ontario pour, as I said, faire mon bum avec lui. Rosalie a décidé de me faire fumer un joint pour que je m'endorme. Même après avoir inhalé un gramme de weed un peu trop vite, j'ai été mettre mes bottes pour m'acheter ma fucking slush. Rien ni personne n'allait m'en empêcher. Sauf que quinze minutes plus tard, Stéphanie, qui sortait avec Emman, m'a demandé si j'étais correct. Je lui ai hurlé de venir m'enlever mes bottes et que, ce soir, je dormais dans le lit d'Emman.

Le lendemain, sans pouvoir s'empêcher de rire, Emman m'a dit tout ça. Je me rappelle de rien.

De Bullion / Rachel

Il y avait de quoi d'insaisissable dans ce qui se passait entre nous. T'étais là pour moi juste avant que je laisse Justine, même si c'est toi que j'avais laissé·e l'année d'avant. Ta présence dans ma vie m'aidait à me comprendre, à rejeter la binarité du genre qui m'écrasait de jour en jour. Je ne peux pas dire m'être déjà senti « homme », je ne peux pas dire avoir déjà été capable de me reconnaitre chez ceux qui m'entouraient et qui essayaient de faire de moi un joueur de baseball ou un fan de hockey qui aime les jokes salaces déplacées. En français, il faut forcer la place de la neutralité, décâlisser les normes genrées pour parvenir à traduire quelque chose d'aussi simple que le « they » qui te sert de pronom. « Iel » et le point médian allaient devenir mes meilleurs outils, obviously imprécis, pour essayer de transposer un peu de la neutralité de l'anglais, pour essayer qu'à même la langue s'estompe un peu plus chaque jour la binarité des genres. Essayer sans totalement réussir que le sexisme soit la seule chose qui end up lost in translation.

Voir quelqu'un être soi-même avec la puissance qu'il faut pour se tenir debout et cracher dans la face du genre me forçait à faire la même chose avec qui j'étais, à accepter de ne pas être tout à fait un gars, à revendiquer mon droit d'être queer sans avoir à constamment me défendre ou me justifier. C'est ça, au fond. Je suis comme ça et ce n'est pas un big deal. Pas de quoi en faire un livre. Anyway, on passait tout notre temps ensemble. On était passé·es de ne pas se voir pendant des mois à se voir at least quatre fois par semaine, dès qu'on avait une minute de libre dans nos horaires aussi volatiles que nous. On parvenait habilement à éviter les mots jusqu'à maintenant, même si tout ce qu'on faisait, c'était se frencher pendant que ta coloc perdait patience face à notre corniness. Tes ami·es te demandaient sans arrêt ce qui se passait entre nous, admettaient aussi, des fois, avoir un crush sur moi. Tu répondais

We're seeing each other, I guess.

Apparemment que vous parliez de moi comme d'un high school heartbreaker. De la personne cute un peu nerdy, geeky sur des affaires random qu'on regarde de loin. Justine m'avait déjà comparé à Seth Cohen. Je ne m'en suis jamais détaché. Ça fait encore partie de ma bio sur Facebook, by the way. Reste que j'étais intimidé par toi et les autres gens autour de toi. Ces gens que j'aimais pourtant tellement sans arriver à effacer la distance qui existait entre elleux et moi, mais aussi entre toi et moi. Peut-être parce qu'on s'est rencontré·es quand je peinais à me relever l'année d'avant, pendant que le wreck bouillant que j'étais et que je suis toujours n'arrivait pas à se faire oublier, pendant qu'on vivait dans la même distance que celle qui nous sépare maintenant d'un miroir.

Quand on s'est fréquenté·es l'année d'avant, tu habitais pas loin du métro Villa-Maria. Même si j'avais un nouveau quartier à apprendre, j'ai surtout appris à comprendre tes pauses, à naviguer entre tes fragilités et à aimer ta violence. C'est cette violence-là qui te rendait aussi humain·e, qui te rendait plus humain·e que les autres. En tout cas, plus que la majorité des gens que j'ai rencontré·es dans ma vie. Au départ je pensais que la distance venait du fait que tu étais la première personne anglophone que je fréquentais. Avec Lye, je comprendrai que non. Je ne sais pas si j'arriverai un jour à comprendre ce qui m'éloignait de toi, ce qui nous rendait si loin l'un de l'autre même enlacé·es dans le mess qu'était ton appartement.

On était justement là, dans ton mess, ton appartement sur De Bullion décoré de botchs, de cannettes de liqueur de malt et de substances inconnues. Justine s'y était rendue une fois, sans moi, m'avait blessé en mon absence en frenchant quelqu'un juste avant qu'on soit censé·es partir pour New York. C'était souvent ce qui se passait et, plutôt que de me rendre numb, la douleur s'amplifiait, prenait de l'élan et fracassait n'importe quel effort que je faisais pour contenir ma santé mentale. Chaque matin, mon téléphone me terrifiait. Je me réveillais d'emblée anxieux, prêt à relire des excuses vidées de leur sens, prêt à revivre le même sel se vidant sur ces blessures qui guérissent jamais, ces blessures dont on arrache les gales parce que saigner est une confirmation que quelque chose vit encore au fond de nous. There is still something to care about.

Un rat vivait avec les écureuils dans ta cour, parmi les canettes vides et le vieux sofa moisi. Je ramassais souvent l'appart, par réflexe. Je ne sais pas trop si c'est le désordre qui me stresse ou si c'est plutôt mettre de l'ordre qui me relaxe. Même si tu ne comprenais pas vraiment pourquoi je faisais le ménage out of nowhere, tu ne me questionnais pas non plus. Notre relation ne se situait pas dans les mots, ce qui est ironique entre Gémeaux et Lion. On ne cherchait pas à se parler plus qu'il ne le fallait. Ça nous suffisait de rester couché·es l'un contre l'autre, à se poser les mêmes questions, à se complimenter occasionnellement. L'important, c'était de se savoir là, right there, et de savoir que personne d'autre ne savait aussi bien le faire que nous, à ce moment précis. Tu étais en couple polyamoureux avec quelqu'un d'autre, mais on trouvait le temps de se voir fréquemment malgré tout. Quand la situation se tendait avec ton partenaire, tu allais vers moi. Pas avec l'espoir que je trouve les mots justes : il n'y en avait jamais. Il n'y avait que de la répétition. Tout ce qui comptait, c'était qu'on soit là, que j'essuie calmement tes joues ou qu'on ne dise rien, couché·es dans ton lit. Ensemble.

On avait beaucoup bu, mais ça ne changeait rien. Les bouteilles et les canettes vides s'intégraient au décor, se liaient d'amitié avec le plancher collant et les botchs de joints fumés jusqu'au filtre. On atteignait un niveau de déchéance mutuelle étrangement assez fonctionnelle. Ensemble, on trouvait le moyen d'être sain·es d'esprit en brulant la chandelle par tous les bouts imaginables. Ta coloc n'était pas là pour se fâcher de notre trop-plein d'affection, il n'y avait que nous deux dans la cuisine. Only us. Tu tenais une bouteille de rouge et, même assis·e, tu manquais d'équilibre. Tu as mis ton pied sur moi et as pris le regard qu'il fallait quand je t'ai dit

I really like you.

Je venais d'ouvrir la porte qu'on attendait tous les deux que j'ouvre avant que notre relation sente le renfermé.

How much do you like me ?

Je ne savais pas si je pouvais utiliser le mot. Ma peur de la langue, du faux pas verbal me retenait. L'anglais est une langue de la retenue quant au senti, aux feelings. En français, on condense et amalgame les émotions dans un seul et même terme. Quand on en donne un peu trop, ça ramène du flou, du mystère, du matériel pour écrire un roman ambigu, mélangeant et all over the place. Tu m'as dit de le faire, le regard bourré d'un « aweille, arrête-donc de niaiser », mais en anglais. We both knew it, anyway

I'm fucking in love with you.

Tu m'as dit que toi aussi, since the very beginning. On s'est embrassé·es. Les secondes un peu plus fixes qu'avant. Le french un peu plus meaningful qu'avant. Pendant toute notre relation, le temps était insignifiant, superflu. Rien ne comptait vraiment plus que d'être ensemble, there was nothing to add même si on avait le silence facile. Il fallait juste se voir, le plus souvent possible, et laisser le reste des choses suivre son cours, suivre son chaos pendant qu'on se réconfortait en marge du monde. Je crois que l'appartement est devenu un peu plus propre, question de pudeur, les vieilles topes se sont abrillées de notre douceur, en cuillère avec les fourmis pour nous laisser tranquilles. Post-confession nocturne, notre baiser s'est prolongé jusqu'à ta chambre. Casually, comme il se doit dans des circonstances comme celles-là, on s'est avoué avoir un crush sur ton ami·e qui, parti·e d'Edmonton, ta ville natale, venait de s'intaller à Montréal. En riant, on s'est demandé si on devrait avoir une date avec iel. Cinq minutes plus tard, puisque nous étions fidèles à nous-mêmes, le message texte était écrit et sent

Do you want to have a date with Polly and I ?

Iel nous a répondu : « yes omg I've never had a date with a couple before ».

So, is that what we are ? A couple ?

C'est le moment où on a make it official. Si c'était encore à la mode, on se serait mis·es en « relation libre » sur Facebook pour arrêter de faire semblant qu'on fait juste *see each other I guess.* On agissait déjà comme ce couple polyamoureux depuis le début, mais depuis le début, ça ne changeait rien. Le polyamour, c'est juste une configuration, la manière dont les choses marchent, pas une prédisposition divine trendy. Le vrai sujet, c'est ce qui se dit entre les danses et non si on veut bien laisser d'autres gens en faire partie. On se laissait le droit d'aimer qui on voulait en sachant que ça ne changeait rien à notre relation, qu'en bout de ligne, on s'aimait et que c'est ce qui comptait vraiment entre nous. Rien n'arriverait à ternir nos feels, à les diluer entre les sueurs empruntées aux autres et les souvenirs brouillés de pilules. Avoir une date dès le moment où on s'assume comme couple nous reflétait bien.

Le Seroquel a embarqué, on s'est endormi·es. Tu m'avoueras plus tard, en écoutant l'album *Blonde* de Frank Ocean

I really felt like him when he says, « I thought that I
was dreaming
when you said you loved me ». It took me a while to
figure out
if that actually happened or if it was the drugs.

Ta chambre

Derrière toutes les soirées qui finissaient en alcool braillé, en cris auto-tuned de poudre, il y avait ta chambre. Il y avait toujours ta chambre quand mes ami·es me répétaient qu'on devrait arrêter de se voir, pour vrai, et pas juste se laisser pour la forme, pas juste se laisser pour dire à tout le monde qu'on a finalement été capables de le faire, même si on se textait, s'appelait et se voyait encore au moins trois fois par semaine, en cachette. Il y avait toujours quatre murs, un rideau et des draps rouges pour nous rappeler ce qu'on avait encore à se dire au-delà de nos drames, au-delà de mes blackouts, au-delà de la chambre rouge du début.

Il y avait toujours des petites vérités qu'on se gardait pour nous, l'intimité comme une collation d'après-minuit pour des gremlins qui gueulent *fuck that*. En deux ans après nos retrouvailles chez ce prof de cégep que je n'ai jamais rencontré, il y a toujours eu ça pour nous garder ensemble : la sincérité de se parler de nos émotions, de ce qui fait que nos têtes ne fonctionnent pas comme du monde. La force que t'avais pour extraire de moi ce que je n'arrivais pas à m'avouer, pour trouver de quoi dans mes crises. Te rappelles-tu des fois où je pleurais tellement que tu devais me retenir pour calmer l'effusion de mes spasmes ? Te rappelles-tu des fois où on cherchait à défaire les doubles nœuds de tes angoisses ? Te rappelles-tu de nos univers qu'on décortiquait, défaisait pièce par pièce pour mieux les échafauder dans le dos de notre quotidien ? Ça se passait dans le suède mouillé des bouteilles de vin et la fourrure rêche des tabs d'acide. Le plus souvent ça se passait dans la sobriété de nos anxiétés, nos faces swallowed up par l'écrasement de nos corps, nos faces noyées de Nicolas Jaar. Nos égos surdimensionnés laissés dans le portique avec ce parapluie forever lost. Je n'ai jamais été dans un meilleur état que celui de notre couple and you knew it. Ça paraissait quand j'étais content qu'on se voie, quand je gardais pour moi le fait que je pleurais presque chaque jour pendant plusieurs mois. Je me foutais d'aller bien tant qu'on était ensemble, tant que je te savais dans ma vie. C'était unhealthy as fuck, je sais. Tu m'as poussé, dans le bon sens, vers moi-même. Tu m'as forcé tellement souvent à tenter de briser les chaines que je m'imposais. Ça finissait en pleurs, avec toi qui essayais tant bien que mal de m'immobiliser sur le lit pour que je me calme pendant que mon corps faisait à sa tête en se débattant. Tu m'obligeais à m'avouer qu'au fond mes problèmes étaient plus profonds que je voulais croire et qu'il y avait des limites à vouloir tout garder pour soi. Je n'ai jamais su me dévoiler et j'ai dû affronter ce manque avec toi, une des premières personnes à avoir vu au travers de cette image que les années m'ont permis de façonner. Je ne peux pas dire que depuis notre rupture, j'ai été capable d'autant me faire face.

On avait eu l'intensité d'une fin de monde au bout des lèvres quand on s'aimait, du sexe à l'engueulade, avec notre pornographie de delicatessen. Nos peaux savaient retrouver le cours du temps et défaire les matins d'après-guerre parce qu'être ensemble voulait dire savoir survivre au monde et à son effondrement. Malgré le couple qui se refermait sur nous, il nous est resté jusqu'à la fin, et même après, l'espace nécessaire pour nous étreindre comme si le film savait plus comment se conclure et qu'on s'en crissait bien de savoir s'il y aurait une sequel ou des séquelles. L'important, c'était de savoir faire durer chaque scène jusqu'au dénouement, un dénouement qu'on espérait toujours un peu plus heureux. Savoir se retrouver comme il faut avec la lenteur d'un vieux film chinois que Xavier Dolan aurait imité pour les besoins de l'esthétique.

C'est là, dans ta chambre, que tu me suggérais de laisser Polly pour revenir avec toi, comme c'était impossible pour toi ou moi de nous imaginer en relation ouverte, d'imaginer d'autres gens traverser notre belle tempête à notre rythme pour que la destruction ressemble à une danse. Fallait que ça ne se passe qu'entre nous, all the time, et malgré nos essais répétés, on n'arrivait pas à accueillir les autres. N'importe quelle configuration nous détruisait, mais de garder ça entre nous ralentissait le processus. Notre amour était une catastrophe, mais les catastrophes sont souvent filled up de passion et de beauté, au-delà de la destruction. Les ruines sont porteuses d'euphorie. S'il y avait des explosions, on les gardait pour nous question de se saisir d'un peu de la mort qu'on créait et de se la coller autour du cœur, avec des glitters, dans un scrapbook où archiver notre douleur en même temps qu'on l'esthétisait. C'est dans ta chambre qu'on s'est réconcilié·es chaque fois après. C'est là qu'on s'est excusé·es d'avoir aiguisé nos mots de la bonne manière pour ouvrir chacune de nos plaies sur le long.

Dans ta chambre, c'est là qu'on pansait ce qui ne cicatriserait peut-être jamais, mais qui pourrait at least temporairement arrêter de faire mal. Ta chambre réalisait le fantasme de la calamine. La mienne se tenait loin de nos drames et de nos réconciliations, elle n'existait que pour moi, c'était ma solitude dans laquelle tu venais des fois te tremper les pieds, voire te mouiller la nuque. Il n'y a que très peu de choses à écrire sur ce qui se passait dans ma chambre, sauf peut-être les abandons qui, at the end of the day, parlent plus de moi, de mon esseulement entre les murs blancs, les produits synthétiques et le linge de designer. La rue Cadillac reste en retrait des théâtres de guerre, elle se garde de pleurer loin du regard des autres. Même déboussolé·es par le lever du soleil, on se retrouvait chaque fois en direction de ta chambre pour se débarrasser des brulures trop familières des soirées qu'on s'enfilait sans arrêt jusqu'à se détruire dans l'œil des autres, dans les black lights des lofts, dans la chimie de ruelle. Je sais que je me répète. Ma mémoire est en loop, et tout finit par se ressembler quand on s'égrène la tête avec des médicaments pas prescrits achetés à un chauffeur pas de permis parce qu'on a moins peur des dealers que des médecins. C'est peut-être un peu juste l'habitude de tourner en rond et de ne me sortir des décombres qu'en rampant vers toi, en espérant qu'on soit en sécurité, loin de notre war zone DIY, emboité·es dans l'autre au fond de ta chambre. C'est l'habitude de savoir que je faisais la bonne chose, même en essuyant ma face des prémonitions de la fin, longtemps avant que ta chambre ne se vide de tout sauf de nos souvenirs, ceux qu'on laisse se perdre sur les quais de la ligne verte.

Chez Fatine

C'était la fête de Fatine vers la fin du mois d'aout. Elle organisait un party dans son appart, en haut d'une pharmacie. Après vingt-et-une heures, quand le vieux pharmacien fermait boutique, on pouvait pump up the bass et faire shaker le plancher à notre guise. Danser dans l'appartement le mieux décoré de Montréal jusqu'à quatre-cinq heures du matin sans tout le trouble d'aller dans un loft miteux pour donner dix dollars aux mêmes DJ que d'habitude, ces mêmes DJ de petites familles bourgeoises de la West Coast. Je savais qu'on allait se croiser, ma peau relevée de ressacs fébriles, la même fébrilité qui, encore aujourd'hui, m'accompagne quand je mets le pied dans un party où je pressens que tu vas être. Polly et moi avions recommencé à nous voir. C'était après le métro Papineau. On était même en couple, Polly et moi, et je refusais qu'iel ne puisse pas venir à un endroit parce que tu y serais. Tu nous avais déjà croisé·es ensemble, Polly, sa sœur et moi, au courant de l'été, dans un Moonshine. Tu avais de la MD plein les pupilles et t'étais lancée sur moi dès que tu m'avais vu. Contente que je sois là, incapable à cause de la drogue de te rendre compte de l'incroyable malaise qui n'arrêtait plus de ne pas finir, tu m'as donné un long câlin avant d'essayer de keep up une conversation qui ne levait pas, parce que je n'arrivais pas à faire semblant que ta présence m'indifférait, qu'on était de ces ex capables d'être ami·es après avoir vécu l'équivalent d'un teen drama de six saisons en l'espace de deux ans. On n'avait rien à envier à *The O.C.* T'es partie après avoir jeté, voire garroché, un coup d'œil à Polly, en stand-by pendant notre interaction. Tu ne l'as pas vu·e me frencher as soon as you left. Le lendemain, je te dirai que je n'avais pas vu tes messages textes, que je n'avais pas senti mon téléphone vibrer quand tu m'as appelé. Même si au fond, à ce moment-là, nu dans le lit de l'appartement sur De Bullion, je fixais le téléphone en paniquant pendant que Polly tentait de me calmer. Je ne savais pas quoi te dire, je préfèrerais blâmer la vibration jamais assez forte de mon cell plutôt que mon incapacité à deal avec notre break-up, avec le fait que je ne me détachais pas de toi, même si ma santé mentale en dépendait.

On ne s'était pas recroisé·es depuis ce Moonshine-là. L'été était sans tache, les partys s'accumulaient sans les drames auxquels je m'étais habitué et je parvenais à me défaire de l'idée que la vaste majorité des gens présents dans une pièce ne m'appréciaient que provisoirement, qu'en attendant qu'on soit assez drunks pour que naisse une de nos classiques scènes. Pendant deux ans, le feeling weird d'être haï par celleux qui m'entouraient me traquait every night. Ce n'était qu'une affaire de temps ou de consommation avant que ça sorte, avant que je me retrouve encore seul à défricher les ruelles à la recherche du réconfort qu'on trouve quand on abandonne tout espoir d'aller mieux. Derrière chacune de nos disputes publiques, soit la plupart, il y avait presque tout le monde pour être d'accord avec toi, pour être en désaccord avec moi, surtout. J'étais le party pooper, un peu tout le temps fâché, trop susceptible, celui qui s'exprimait un peu trop fort entre nous deux, peu importe la situation, de l'engueulade à la discussion insignifiante sur si Radiohead est encore relevant. Peu importe tes excuses qui suivaient souvent, peu importe la situation, je devais accepter que les gens te réconfortent, te soutiennent pendant que moi, je devais marcher pour me recomposer. Seules les ruelles me réconfortaient, me permettaient d'admettre que j'avais le droit d'être blessé, que j'avais le droit d'exiger qu'on respecte mes émotions, aussi fragiles soient-elles. Ça m'a fait un choc de me retrouver parmi des gens qui voulaient me comprendre, socialiser avec moi. J'ai passé un été comme ça. Réapprendre à être aimé ou at least apprécié. Malgré le flou des abus, je voyais un petit peu plus clair dans ce dont j'avais besoin, voyais un peu mieux la toxicité de ce qui m'entourait. Tu me disais souvent que je me faisais mal pour rien, et ça m'a pris de la distance pour voir la vitesse à laquelle je me tuais.

Chez Fatine, j'ai amené Polly pour faire les présentations officielles. Fatine tenait à connaitre la personne que je voyais et qui venait de m'aider à traverser relativement sain et sauf un été qui s'annonçait inquiétant, à rencontrer la personne qui a su me faire comprendre que je valais peut-être quelque chose after all. On est arrivé·es avant les autres. L'appart s'est peu à peu rempli, lui laissant le temps de rencontrer Fatine et les quelques personnes présentes. Ça aura pris un peu de temps avant qu'iel soit à l'aise, approximativement le temps que ça prend pour caler une bouteille de vin du dep. Je ne serais pas tellement capable de me rappeler quand tu es arrivée, sauf que l'appart était à moitié plein. Honnêtement, Polly et moi anticipions le moment depuis quelques jours. On ne s'était pas encore réembrassé·es, pas encore remis dans la même marde, toi et moi. On n'avait pas encore pris cette bière à L'Escalier où on allait rechuter dans notre habitude de se voir, de tout décrisser nos efforts. As usual. C'était avant qu'on replonge dans l'ambigüité des ex, l'ambigüité d'une relation qui ne se peut plus, mais des feelings qui n'acceptent pas de mourir une fois pour toutes sous le dix-huit roues de la rationalité. C'était avant notre après, avant notre suite qui n'aurait jamais dû en être une. La rencontre avec Lye et les aveux d'amour avec Polly dans le flou du vin et du Seroquel étaient à quelques jours de là. Tu es apparue dans mon champ de vision pendant que les autres ne se rendaient pas compte du choc monstrueux qui venait de me traverser. Les coups de tonnerre sont parfois discrets, silent night, they say, right. Tu es apparue seule, contrairement à d'habitude. De loin, tu me regardais. Je ne savais pas que tu ne comprenais pas encore que j'étais en couple, même si tu avais remarqué Polly dans l'appartement. Un et un prenaient leur temps avant de faire deux.

On s'est donné un câlin. Un peu plus fort que les autres, comme pour se rappeler que notre break-up n'effaçait pas tout, que derrière notre malheur, on s'était aimé·es pour vrai. Le small talk se passait naturellement. Je t'ai demandé pourquoi t'étais venue seule. Tu disais que tes amies ne voulaient pas venir parce qu'elles n'étaient pas invitées et ne se sentaient pas vraiment les bienvenues. Je venais sporadiquement te parler au cours de la soirée, vérifiais que tout se passait bien sans trop savoir si tu comprenais ma situation. Je n'arrivais pas à supporter de te savoir triste, seule ou anxieuse, je sentais le besoin de venir m'occuper de toi, même si ce n'était pas ma place. Assise sur le sofa, tu me regardais à peine quand je dansais, remarquais à peine que je dansais beaucoup avec Polly. Ses ami·es sont arrivé·es. La soirée se passait bien pour moi, je faisais mon show, je performais ma persona. As usual. Même si je te savais en train de chercher avec qui socialiser question de ne pas te perdre dans un party où ton anxiété t'accompagnait mieux que les visages interchangeables qui t'entouraient. Ça ne pouvait pas vraiment me quitter, c'était une gomme cimentée sur la semelle de mes Raf Simons. Tu voyais pour la première fois que je n'arrivais pas à me défaire de nous, même après une nouvelle fin définitive. J'aurais aimé m'en réjouir plutôt que de me sentir triste pour toi, j'aurais aimé pouvoir me sacrer de ta présence et te laisser te perdre dans l'anxiété comme on laisse tomber quelqu'un qui nous attend en manquant volontairement le dernier métro. Sauf que je ne crois pas qu'il faille que mes plaies se transmettent. Ta souffrance à toi mérite de guérir autant que la mienne. Malgré tout ça, j'essayais de faire comme si ça ne m'affectait pas. J'ai même mis la chanson *X Bitch* de 21 Savage par pseudo-arrogance, comme si j'étais un ex amer, comme si j'étais l'ex amer qu'on me disait que j'étais en droit d'être. Même si, au fond, j'espérais que tu serais correcte et que tu finirais par enjoy the party. Je m'excuse pour ça. Je me suis, comme toujours, trop performé.

Vers deux heures et demie ou trois heures du matin, Polly et moi, on a décidé de rentrer chez ellui. On a dit qu'on allait prendre un taxi, et mon amie Louisane nous a demandé dans quelle direction on se rendait. Quand j'ai dit, plutôt fort, qu'on allait sur De Bullion, je crois que tu m'as entendu. Tu connaissais l'endroit où habitait Polly. J'ai voulu te dire que je partais. Tu m'as poussé, overwhelmed parce que je rentrais avec iel. J'ai marché vers les escaliers où m'attendait Polly, lui ai dit que tu venais de me pousser. Son regard habituellement calme est passé de zéro à cent real quick ; personne ne pouvait me pousser, et il fallait que quelqu'un·e te le fasse savoir. Iel n'arrêtait pas de me répéter que *nobody should be fucking touching you, I don't give a fuck* pendant que je faisais de mon mieux pour m'interposer avec un drame additionnel, une conclusion de trop à notre chapitre. Out of nowhere, après t'être frayé un chemin entre les gens, tu es venue me voir. Je ne t'avais même pas vue sortir du couloir quand tu m'as pris dans tes bras pour me dire

Je m'excuse, je n'aurais pas dû réagir comme ça.

Je pensais que tes excuses mijotaient et se glisseraient dans ma boite de messagerie au moins le lendemain. Je savais que, malgré les fois où tu m'as fait comprendre que tu ne voulais pas vraiment qu'on soit en couple ensemble, tu ne pouvais pas accepter que je sois avec quelqu'un·e d'autre. Encore moins avec Polly. Iel et moi sommes sorti·es dehors ; tu ne le savais pas, mais tu venais de t'éviter beaucoup de problèmes. Polly a répété plusieurs fois *I would've fucked her up. No one has the right to touch you.* Même si je n'aurais jamais pu accepter que quelqu'un te fasse du mal, je n'avais jamais vu auparavant quelqu'un·e prendre autant à cœur mon well-being.

Blackout II

Les faces se fondent dans la tapisserie de mes yeux. J'avais pris une ou deux pilules de MDMA. Apparemment, à la question *avec qui d'autre ici t'aimerais coucher,* j'avais name-drop quelqu'un·e. Blame it on the pills. Justine savait que la drogue me rendait trop honnête, encore plus spontané. Fallait bien en profiter. Enjoy the truth while it lasts. Je ne dansais pas, je restais sur place, le sourire aux lèvres, à me concentrer sur le flux des fluides au fond de mon corps. On peut dire ce qu'on veut, on n'est jamais vraiment plus vivant, plus vrai que sur la MDMA. Se booster la sérotonine, ça repart la machine un peu trop fast. Ça te remet sur le piton et te propulse straight dans tes feelings comme un train Azur en cavale. C'était dans un autre appartement miteux avec les mêmes genses que d'habitude qui me regardaient avec la même presque-haine que d'habitude, me saluaient avec la même hypocrisie. C'est incroyable quand on y pense : j'ai passé le début de ma vingtaine à m'entourer pas mal exclusivement de gens qui me détestaient tout en ayant l'air de m'apprécier, voire de m'admirer une fois qu'iels avaient assez d'alcool ou de dope dans le sang. Je suis cool, je suis l'auteur, le queer qu'on endure par parure. Des gens qui attendent impatiemment que je m'enfarge dans les lacets de ma tête pour parler contre moi, pour s'en prendre à moi, mais des gens qui attendent aussi impatiemment que je fasse un pas vers elleux pour me dire qu'iels aimeraient tellement qu'on se parle plus, qu'iels aimeraient tellement me connaitre pis être dans mes shoes. Je trouve encore dommage que même la personne avec qui je sortais, dans le fond, fasse partie de ces gens-là.

T'es pas fâché contre moi ? Voyons donc, tu te rappelles vraiment de rien.

Chez Emman

Mon meilleur ami vivait avec ta meilleure amie. Notre réputation était maintenant bien établie. Un vrai drama ambulant, nos engueulades, comme la sirène d'un marchand de glace, réveillaient tous les quartiers en même temps. Mes ami·es m'encourageaient à te laisser activement depuis la nuit chez le prof. Lobby anti-nous. J'imagine que c'était pareil pour toi. Les gens anticipaient déjà les cicatrices dans nos voix prêtes à se déchirer. La rupture nous attendait au pas de la porte, même lorsqu'on réapprenait nos corps au revers des autres. Il y avait une couple de personnes autour de la table. Je crois qu'il y avait Rosalie, mais avant qu'on soit vraiment proche. C'était autour de quand Emman a publié *La fonte.* Je parlais de mon gout pour les vêtements de designer vu que ma job consistait à en vendre et, obviously, à m'en acheter. Assez fréquemment, trop souvent, ma paie se condensait en un t-shirt d'une couple de centaines de dollars pendant que je me faisais croire que j'étais responsable financièrement parce que j'avais un compte d'épargne, même si je le remplissais juste pour le vider plus violemment la fois d'après, que ce soit sur mon dos ou dans un blackout quelconque. Mon compte finissait par ressembler à mon corps, à ma maigreur qui soutient les preuves d'un luxe qui ne m'a jamais réellement appartenu

Ça doit venir de ma mère. À quatorze ans,
je portais quand même des jeans à 120 $
Ça s'est développé en vieillissant.

Mon ton n'était pas tellement sérieux, mais tu m'as quand même tout de suite repris. Tu disais que je ne devais pas mettre mes dépenses absurdes sur le dos de ma mère. Née en plein embourgeoisement de Saint-Henri, tu disais que même toi, tu ne pouvais pas blâmer tes parents pour ton irresponsabilité. Je t'ai répondu que sous aucun prétexte on ne pouvait commenter ma relation avec ma mère. Pas toi, surtout. Je refusais les commentaires, les aurait turn off comme sur un post Instagram si je pouvais. Ma relation avec ma mère n'appartenait qu'à elle et moi. Je n'aimerai jamais assez quelqu'un pour lui permettre de foutre son nez dedans. Especially not celleux qui ne connaissent pas Hochelaga, son ciment craqué et les rejetons qui y poussent.

Les gens continuaient de parler parallèlement à notre ébullition. Le ton montait, les autres appréhendaient l'explosion, l'éparpillement en larmes et cris émiettés. Notre routine, quoi. Même si je t'implorais de parler d'autre chose, que ce n'était pas grave, qu'il fallait arrêter parce que le sujet était trop sensible, tu continuais, salais la plaie. Tu parlais d'une conversation récente avec ma mère sur l'argent que je brulais pour du linge, surtout pour des sneakers Rick Owens qui m'avaient couté pas loin de mille dollars. Les décibels se multipliaient, exponentiels. On s'est mis·es à s'engueuler, à tellement s'engueuler que la conversation autour de nous s'est dissipée, chaque note s'est tue une à une, un silence en white noise. On calibrait le spotlight sur notre écroulement avec notre souci caractéristique d'être le centre de l'attention, même, ou plutôt surtout, à notre pire. Quand le silence avait tellement rempli la pièce qu'il n'y avait plus de place pour moi, je suis allé dans la chambre sans fenêtre d'Emman, sa chambre à mi-chemin entre le bunker et le crackhouse. Je me suis assis dans son lit superposé démembré, essayant de digérer notre dispute. Je pleurais.

Pas très calmement. Je ne pleure jamais vraiment calmement. Mes larmes sont souvent un esti de cataclysme, de quoi faire passer du Death Grips pour du Cœur de pirate. Je pleurais à propos de notre relation qui ressemblait un peu trop à ça, every day, une relation où je sentais que tu t'en prenais à moi, que tu me donnais l'impression de me haïr. C'est ce que je ressentais à chaque fois, qu'au fond tu me détestais. Beaucoup de gens me reprochaient mon égo, ma manière de prendre toute la place. J'étais used to it, mais je ne m'habituais pas à ce que tu me rejettes. Je t'entendais rallumer ce qui avait causé la dispute in the first place. Je t'entendais réitérer ton plaidoyer en faveur de ma mère. Tu disais que je réagissais trop vite, que j'étais trop susceptible. C'était peut-être vrai, et même l'écriture parvient à peine à m'offrir le recul nécessaire pour savoir qui de nous deux avait raison. Mais au fond on s'en câlice de qui avait raison. La vérité, c'est le drame, pas la légitimité. Même à ça, ma peau tremble dès que quelqu'un·e se permet un commentaire sur la relation que j'entretiens vis-à-vis de ma mère, vis-à-vis de mon passé. Ce passé qui ne ressemble pas à celui des enfants bourgeois·es qui m'entourent depuis toutes ces années. Au fond, ce n'était pas à toi que j'en voulais. C'était aux personnes qui se sont permis toute ma vie de s'immiscer dans les choses qui m'appartiennent, dans mon histoire qui n'appartient qu'à moi, dans mon univers, qui viennent embourgeoiser jusqu'à mon histoire, même si c'est surement moi le problème. Je crois que ça m'a pris le temps exact que ça prend pour ravaler un regret avant de me lever, d'aller dans la cuisine et de dire

J'espère que t'es contente. Maintenant, c'est moi
le méchant entre nous deux.

Je suis sorti de la maison en claquant la porte d'entrée. En essayant de mon mieux de claquer la porte d'entrée vu qu'elle ne claquait pas vraiment. J'errais en pleurant dans Villeray, mon corps secoué de spasmes trop familiers, enseveli dans son espoir de mourir maigre, les os bien déterrés. Tu m'as appelé pour me demander où j'étais. Ça s'est arrangé. As usual. Je ne sais pas exactement c'était combien de temps avant qu'on se laisse pour la seconde fois et que je rencontre Polly sur Tinder. Je sais juste que notre relation était tendue, que nos ami·es vivaient ensemble et que ça faisait partie des mauvaises idées de l'histoire des idées, qu'on risquait à chaque nouvelle seconde de flancher, surtout en présence des autres, et de déchainer les catastrophes qu'on gardait en nous. La dispute a passé, comme si de rien n'était. On s'est réconcilié·es chez Emman avant de rentrer chez toi à dix minutes de marche de là. Tu t'es excusée. Moi aussi. On a dormi ensemble. Comme si les disputes restaient là, staying put, comme si elles nous laissaient nous reposer en attendant le lendemain. Ça me surprend encore de savoir qu'on ait pu endurer tout ça. Quotidiennement. La tension a survécu à tant de spasmes. Notre amour nous tuait, mais lui, il survivait. Et c'est ce qui comptait le plus pour nous.

Félix II

Il y avait aussi les autres pour nous rendre toxiques. Dans nos deux ans on and off, il y avait toujours un peu trop les autres. Pas seulement Polly et Lye. Mais ces autres qui passent en écorchant ce qu'on appelait « nous », en nous marquant successivement quand on osait dire qu'on se remettait de nos douleurs. C'était blurry, ça suivait les verres qu'on s'enfilait, nos nez qu'on essuyait while le gout de métal rouillé calcinait nos voies respiratoires. On a commencé en couple ouvert. En fait, on a commencé pas vraiment en couple. Je ne savais pas ce que je voulais. Même si le lendemain de la nuit chez le prof de cégep, je te textais déjà. Même si le surlendemain, je voulais déjà plus que des sueurs rouges, je te demandais quand on allait se revoir et on s'est revu·es. Je vivais déjà dans la peur de l'abandon, la peur de me faire crisser là aussitôt que les choses feraient leur temps, la peur d'avoir aucun contrôle sur ma solitude. As usual.

Dans tous mes moments d'incertitude, dans tous les retours de partys où tu étais, ça finissait pareil, ensemble, enlacé·es dans mon refus de nous définir et mon envie de rester avec toi, en cuillère quelque part flottant above la fin du monde. Les autres, c'était la game. Les autres, c'était juste un challenge de plus qui passait sur nos lèvres de temps en temps. Ça ne changeait rien parce qu'on se cherchait mutuellement, peu importe les draps ou les faces. Sauf que, fast forward un an plus tard, notre couple désormais monogame et fermé, les autres finissaient par souvent revenir beaucoup plus durement qu'un hangover de lundi matin.

On n'était plus ensemble, ça ne faisait pas très longtemps. Je n'avais pas commencé à voir Polly. Lye vivait encore au B.-C., n'était encore jamais venue ici. On avait eu ensemble notre part de problèmes liés aux autres ; tu voulais qu'on puisse embrasser et désirer qui on voulait. Je te disais qu'avec toi, je ne pouvais pas, je ne pouvais plus. C'est drôle parce que plus tard, j'allais être en relation polyamoureuse avec Polly et Lye, j'allais sortir avec ces personnes en même temps, j'allais être content quand mes autres partenaires rencontreraient de nouvelles personnes. Avec toi, je sentais que ça se tournait un peu en game contre moi. Si quelqu'un·e me faisait trop mal, ça semblait devenir une sorte de défi, il fallait que ça se repasse, que tu travailles un peu la blessure pour t'assurer ton droit de faire ce que tu voulais, peu importe si ça impliquait une crise inévitable. Tu me disais que tu ne pouvais pas changer pour moi. Je devais swallow it up. Je ne l'ai jamais fait, même si continuer de te voir impliquait un peu que j'accepte ces terms and conditions que j'ai trop souvent lus et relus. On s'est laissé·es. Pas pour ça précisément, mais on ne peut pas faire semblant que ça ne faisait pas partie des raisons.

On n'était plus ensemble. Ça devait faire deux ou trois semaines. J'oublie souvent les détails, mêle le temps, déforme l'espace mais il y a des choses qui restent, s'encrent dans les veines de ma mémoire. C'est souvent des noms, des paroles, des moments ou des visages. Malgré la mort que je m'insuffle quotidiennement, il y a des visages qui se gravent autour de mon cœur, indélogeables. Des visages cicatrisés à même mes cauchemars. Cette fois-là. Tu sais de quelle fois je parle. Au Félix, sur Saint-Hubert. On s'est vu·es. On savait que ça arriverait. On s'est parlé. Je crois même qu'on s'est embrassé·es. Une semaine avant, une soirée à la Rockette tournait en baise, en manière de se dire que notre rupture était une formalité et rien de plus que ça. En début de soirée, au Félix, tu m'avertissais qu'on n'allait surement pas rentrer ensemble, que tu ne voulais pas me créer d'attentes. Je t'ai écoutée et, to be honest, je n'ai aucun souvenir de comment s'est finie la soirée. L'écriture surligne les plaies, mais laisse s'effacer le reste parce qu'on sait qu'il n'y a jamais vraiment de fin à quoi que ce soit, encore moins de fin heureuse.

Dès qu'il est entré dans la petite caverne qui nous servait de club, il s'est élancé sur toi pour t'embrasser, un peu de force. On a passé de longues heures à discuter du fait qu'il t'objectivait, ne te considérait jamais vraiment comme un être humain, plutôt comme une validation supplémentaire ou un objet de compétition face à moi, même si je suis fuck-all compétitif. Je te parlais de son sexisme, de ses commentaires déplacés sur les femmes qui nous entouraient, de ses « j'aimerais vraiment ça la respecter, mais j'ai tellement envie de l'autre fille ». Son ex te le disait, qu'il ne te traitait avec aucun respect. On avait été amis. Il se la jouait queer à l'occasion en portant des boucles d'oreille longues ou une robe, sans manquer de commenter le cul d'une passante. Il m'avait déjà parlé de la dynamique entre vous, il s'était excusé que ça m'ait blessé et avait cessé de te parler à ce moment-là, sans t'adresser d'excuses que tu méritais plus que moi. Ça te faisait chier de réaliser que c'était vrai, mais tu ne voulais pas que je me fâche contre lui. Tu me disais que c'était à toi de ne pas jouer sa game, d'avoir conscience que ça me faisait du mal. Cette soirée-là, je n'avais rien à te dire. C'est vrai. Il a essayé de t'embrasser, tu as tassé la tête. Tu me disais que tu ne t'en étais pas rendu compte et que ça ne changeait rien. C'est vrai. Après, on se parlait. Tu vérifiais si j'étais correct quand on n'était pas ensemble, mais m'avertissais que j'allais probablement être blessé et que tu ne pourrais rien faire pour moi. Notre discussion s'étendait sur au moins une dizaine de minutes, se prélassait dans l'avènement du désastre, en retrait, aux confins des miroirs qui réfléchissaient les néons et la fumée artificielle.

Je ne dis pas son nom. Je ne prends même pas la peine de lui trouver un pseudonyme, contrairement à toi. Ça ne sert à rien, et il y a des noms qu'on préfère garder pour soi, même s'ils sont écrits en majuscules en filigrane. Ça déplace le blâme, de ne pas nommer les choses, parce qu'en bout de ligne, ce n'est pas lui qui m'a traumatisé, mais tout ce qui est écrit ici. Ce n'est pas son nom, mais la manière dont il m'a regardé et a souri. Il réitérait l'échec de notre couple. Il devenait d'une certaine manière la personnification de mon échec à me reconnaitre dans cette masculinité qui m'avait toujours rejeté. Éric avait écrit que « quand on se met à sortir avec quelqu'un, c'est particulier l'importance que prend son nom » ; maintenant, je peux dire que c'est aussi particulier comment les noms qu'on peine à prononcer finissent par teinter tous nos mots.

Parce que c'est ça, au fond. C'est de le voir accoudé au mur, me fixant avec le sourire aux lèvres pendant que je te parlais. Pendant que tu me disais que tu m'aimais encore, mais qu'on ne pouvait pas être ensemble parce que tu ne pouvais pas être en couple à ce moment-là. Pendant que tu me martelais le fait que tu n'avais pas d'attentes, je sentais son regard m'écraser les cils jusqu'au creux de la rétine. Dès que tu as bougé, il t'a rejointe, a pris ton bras et t'a amenée dans les toilettes pour te frencher devant le hublot de la porte. J'essayais de détacher mes yeux de la scène, à la recherche d'une sortie de secours mentale, une fenêtre où mon regard pourrait let everything go et trouver sa beautiful death. Je ne saurai jamais s'il me fixait encore en t'embrassant. J'essayais d'avaler la honte comme une autre poignée de pilules, la sorte de débâcle oddly trop familière qu'on subit quand quelqu'un traite notre propre vie comme une game à laquelle on a visiblement perdu. Je ne pouvais rien dire, rien faire. Pour toi, c'était ça, une rupture. Il te suivait tout le reste de la soirée, s'assurait qu'on ne se parle pas trop. Vous n'êtes pas rentré·es ensemble. Ce n'est jamais arrivé pendant ces deux ans-là. On savait tous les deux que ce n'était pas une question de désir, mais de compétition qu'on m'imposait pour s'assurer de ma perte. On l'a su surtout quand je t'ai dit après cette soirée-là qu'il me fixait pendant qu'on se parlait en retrait. On l'a su surtout quand je t'ai fait remarquer qu'à chaque fois qu'il te parlait, depuis aussi longtemps que je me souvienne, il me cherchait du regard et te prenait le bras pour te tourner dos à moi, pour prendre contrôle de la situation, de ma situation. On le savait, surtout quand je te disais qu'il me souriait quand il faisait ça.

Il m'arrive encore trop souvent de le croiser, en train de me sourire, dans mes cauchemars les plus violents.

Durocher

Tu es devenue de plus en plus présente dans ma vie. Tinder a rapidement su se greffer à mes semaines, voire à mes jours. Toi aussi, visiblement. On s'est rendu·es aux lofts Durocher, un endroit parsemé de trop de souvenirs, d'explosions et de chutes, de cauchemars à venir, surtout avec Justine. Les soirées se ressemblaient généralement. Surtout dans leur manière qu'elles avaient d'être soit particulièrement oubliables ou beaucoup trop marquantes, de se glisser dans un blackout ou de creuser le trou noir dans ma poitrine. Cette façon de scrapper magnifiquement l'emotional labor nécessaire pour me remettre du dernier party. Avec Justine, on pavait les chemins du retour avec des raisons de se laisser, comme une petite tradition séculaire. Les breakdowns se ressemblaient en soulignant qu'on avait beau circuler dans l'espace, se donner l'impression de progresser, on stagnait dans notre défaite.

Justine était ce premier point, celui par lequel je repassais trop souvent pour m'y blesser. Polly était un deuxième point auquel je ne parvenais jamais vraiment, auquel je me rendais toujours dans l'espoir que la distance s'abroge, même si elle s'agrandissait un peu plus à chaque jour. Fast forward quelques mois plus tard, malgré mes promesses de ne jamais y retourner, here we go again, cette fois sans Justine, cette fois toi et moi. Parce que toi, t'étais le troisième point, celui qui m'a laissé croire un peu qu'on pouvait s'en sortir, qu'il y avait une échappatoire à tout ça. A way out after all.

C'était autour du moment où tu envisageais de retourner vivre à Vancouver pour la première fois. C'était avant que tu prennes la décision pour vrai quelques mois plus tard, quand j'aurais arrêté de voir Justine et Polly. Polly te détestait. Justine ne savait pas encore que tu existais, je crois. Au mieux, elle avait peut-être eu vent qu'une nouvelle personne s'était mise à graviter autour de moi. Tu m'avais parlé de ton départ potentiel avec un certain détachement et, aussi, une certaine surprise en voyant que je ne réagissais pas. Je te disais que je comprenais, que je voulais que tu fasses ce qui était le mieux pour toi sans penser à comment ça me ferait me sentir. J'imagine que tu t'attendais à ce que je te dise de stay longer. Des fois, mes émotions prennent leur temps, ne trouvent pas l'ordre d'une phrase intelligible, restent stuck dans le delay. Même par écrit je mets l'accent sur les autres, leurs agissements, l'effet sur ma personne plutôt que sur la manière dont je me sens. Je préfère m'effacer derrière le regard des autres, derrière leurs émotions, derrière leurs mouvements. Je préfère être un écho même si je suis un écho qui prend trop de place. Au bout de quelques minutes, tu sentais mon corps trembler pendant qu'on se serrait dans nos bras. Tu m'as demandé ce que j'avais et c'est ce qui a été l'élément déclencheur : des larmes ont fusé de mes yeux, juste avant les tiennes, des fireworks pour faire un Fourth of July en plein mois de décembre. Après plusieurs minutes à brailler, après avoir décidé d'allonger un peu ton temps à Montréal, tu me diras avoir été surprise que je sois resté aussi calme

For a second there, I thought you were a sociopath.

Notre proximité grandissait avec la peur qu'elle disparaisse bientôt et pour toujours. On savait un peu tout de l'autre malgré qu'on se connaissait depuis peu de temps. On s'offrait régulièrement l'intégrale de nos relations et de nos échecs en rafale, entre deux saisons de *BoJack Horseman*. Je parlais de mon historique avec Justine, surtout. On savait aussi qu'elle risquait d'être à un autre party pas loin de là et qu'il y avait des chances que Polly s'y trouve aussi. Un champ de mines en plein Mile-Ex qu'on affronterait avec la nonchalance qui nous a fait cliquer sur « Going ». L'évènement où on allait s'appelait le Cool Fest. No joke. Fatine, qui nous avait invité·es, était en retard. On a bu dans une rue juste à côté du loft en espérant la voir traverser d'une minute à l'autre ou s'engourdir assez pour s'en crisser et aller s'oublier dans la coolness d'un énième party du Mile-Ex identique aux autres. Je m'impatientais. Le retard des autres me rend self-conscious. Golden retriever émotif je passe rapidement de l'excitation à l'anxiété. Quand les choses bifurquent du plan, que je perds ce chemin tracé d'avance, les jardins deviennent des dépotoirs le temps que je down quelques canettes d'alcool trop sucré. Fatine est arrivée et j'ai fait comme si je ne venais pas de te faire un monologue sur comment je trouvais ridicule d'être à ce party, que ça me semblait absolument emmerdant et que je voulais juste y aller pour qu'on soit avec Fatine.

En ce moment, j'aurais aimé n'avoir rien à écrire de particulier sur cette soirée, ne même pas l'inclure ici, pouvoir faire un livre un peu plus court et dense after all et peut-être même moins cher. Qu'elle soit un stop oubliable de plus dans ma vie, une autre belle occasion de manquer de sommeil entre deux shifts à vendre du linge plus cher que ma dette d'études. Il aurait fallu en rester là. Je suis jeune, mon corps est capable de prendre encore un nombre impressionnant de sleepless nights et je ne me suis jamais soucié de me déchiqueter, de mettre ma life line en accéléré. L'event se passait au troisième étage d'un immeuble à lofts sur la rue Durocher. C'était grand, plus que les autres endroits qu'on fréquentait. Il y avait cinq-six pots de fleurs accrochés au plafond, mais juste deux-trois plantes. On a dansé distraitement avant d'aller s'assoir, nous et les cinq autres personnes, y compris Fatine, dans un endroit isolé avec d'autres plantes, plus de lumière, des rideaux et des petites banderoles de smileys jaune et orange en tissu. J'avoue en avoir volé une. Elle est toujours dans ma chambre à côté d'un lampion dédié à Kimye. Tu socialisais pour la première fois avec mes ami·es, la barrière du langage laissée au coatcheck. Comme si rien ne nous séparait jamais vraiment, excepté les rideaux filtrant les lumières colorées, t'es entrée dans ma vie sociale.

Il a fallu qu'il m'arrive ce qui m'arrive tout le temps, ce que je mentionne mais que j'évite de détailler, même si c'est là, right behind toutes mes errances, toutes mes images déplacées, overwhelming. Les traumatismes ont le caractère cute de ne jamais vraiment nous quitter, de refaire surface un peu n'importe quand pour foutre à terre n'importe lequel de nos plans sans discernement. Entre deux verres, on se rappelle l'abandon du père, la solitude, l'envie de mourir, de pleurer, de se détruire live on stage. And then you gotta leave. Now. L'urgence de partir rampait le long de ma trachée, environ trois minutes après le passage de la 80, une des seules issues pour retourner chez toi, à l'appartement sept. Pendant une demi-heure, je regardais compulsivement mon téléphone, au cas où le temps aurait décidé de se dépêcher. Je me retrouve trop souvent terrassé par un creux qui nait en moi, qui m'avale au complet, qui me ramène au fond de moi. Je me tais, je me perds. Ce n'est pas un hasard si mes soirées sont parsemées de drogues et de partys useless. J'ai besoin de m'y perdre, mais même dans cette perte, j'arrive à tomber plus bas et à devoir m'enfuir de ces baumes artificiels que je me suis trouvés. L'anxiété poussait sa tête à la surface, me sacrait par terre lors de ces fois où la même situation m'arrivait et que Justine me disait : *Ben, va-t'en, j'ai pas envie de partir, y est juste trois heures, c'est pas mon problème si tu travailles demain.* Juste avant que le bus passe, on est sorti·es même si ça faisait longtemps que ma tête avait left the party.

En marchant vers l'arrêt, on est passé·es devant une ruelle. De quoi qui sonnait comme la voix de la meilleure amie de Justine ricochait sur les murs, ce qui me donnait l'impression qu'elle était là, right next to us. J'ai croisé trois de ses ami·es, dont celui du Félix, en file comme une série de hooks qu'on reçoit doucement au visage pendant qu'on essaie de s'enfuir de soi-même. Quand quelque chose m'affecte, je me retire, m'efface silencieusement. Justine disait que j'avais mon propre monde, que je fonctionnais exclusivement dans celui-ci et que je m'y repliais quand l'extérieur s'en prenait à moi. C'est ce même monde qui me permettait de me détacher de certains conditionnements, des normes de la masculinité et de l'hétérosexualité par exemple, et qui donne l'impression que je suis une personne authentique, real, raw même si ça ne se résume qu'à une question de façade bien entretenue. At the end of the day, je reste fragile et faible, stuck-up dans un monde intérieur parce que dehors risque de casser mon corps de branche sèche. En passant à côté de ces trois rappels que je ne voulais absolument pas croiser, en entendant le mirage de Justine s'échapper d'une ruelle, je me suis plongé tête première dans mes blessures, sans faire de remous, en Alexandre Despatie du mutisme. J'avais plongé tellement creux que je n'ai pas pu voir à temps qu'on venait de marcher à côté de Polly assis·e dans les escaliers. On s'est rendu·es à l'arrêt. Mes lèvres de nœud coulant étaient scellées tight, aucun mot ne sortait de ma gueule étanche. Je fixais l'asphalte, me demandais si c'était possible d'y smash ma propre tête à la *American History X* et ce que ça changerait si je le faisais. Un ami de Polly est passé. Les trois ami·es de Justine aussi, chacun·e comme s'il fallait confirmer ma présence, leur prouver que je ne suis pas une rumeur, comme si c'était impossible que j'existe vraiment à ce moment-là, à cette place-là. Devant mon apnée, les étoiles se sont alignées, ont rapproché la lune, à la *Majora's Mask,* question de lever un raz-de-marée et faire advenir notre premier accrochage. Ce qui s'approchait le plus d'être notre première et, on le sait aujourd'hui, notre seule dispute. The only one. Quelque chose comme deux mois après avoir commencé à se voir, deux mois à être le couple le plus adorable, le plus fucking cute aux yeux de tous et toutes celleux qui nous croisaient.

It's not like you were physically abused.
It's just running into people.
You need to get over it.
She didn't try to break your fucking arm.

Je suis resté là à patauger dans ma salive pâteuse. Je suis parvenu à te dire sèchement que les cicatrices ne se comparent pas. Il n'existe pas de DoYouLookGood pour la douleur. Dix minutes plus tard, tu t'excusais en blâmant l'alcool pour le départ hâtif de ton empathie. L'autobus n'arrivait pas, j'ai hélé un taxi. Deux jours plus tard, je commençais à m'en remettre. Quatre jours plus tard, on se revoyait. Mes émotions s'en remettaient en retard et il n'y avait rien à héler pour guérir. Tu te sentais mal même si je te disais que c'était correct, que je comprenais la difficulté d'éprouver de l'empathie après avoir soi-même souffert et qu'on allait travailler pour que ça marche. On s'est assez aimé·es pour que ça passe sans trop tout briser, sans trop tout crisser par-dessus bord, même au summum de notre fragilité émotionnelle. En me rassurant, tu m'as même dit que la situation exacte que je venais de vivre était celle qui t'avait poussé in the first place à quitter la côte ouest, question de t'échapper, peut-être finalement, des visages du traumatisme qui nous suivent jusque dans l'écume des afters.

Chertsey

Tout le monde était surpris que j'accepte de sortir de Montréal, never mind aller dans un chalet. Avec ces gens-là, ces résidus d'afters avec qui j'étais en love-hate relationship presque autant qu'avec toi. Ta voix était vidée d'enthousiasme, même si c'était toi qui avais trouvé le lift qui me permettrait de rentrer au travail le lendemain, en ville. Même si c'était toi qui m'avais invité. C'était la Saint-Jean, mais pas celle de nos débuts. On saura à peine une semaine plus tard que c'était la Saint-Jean de notre fin, la dernière juste avant le métro Papineau. Peu importe à quel point on s'en câlisse, la Saint-Jean revenait dans nos vies en nous revirant à l'envers comme un adolescent vire sa première brosse et joue l'indépendantiste pour excuser sa débauche. La Saint-Jean signifiait des éclats, pas toujours positifs, mais de quoi pour sacrer le feu à notre ciel, de quoi pour qu'on soit sans voix, outre la nuit. On retrouvait tout sauf notre indépendance cette journée-là. J'y suis allé sans me dire que ça pouvait juste mal finir. Je voulais essayer de me réconcilier avec tes ami·es, même si c'étaient celleux qui ont su le plus me blesser. Je voulais un good time, une célébration du fait que ça faisait deux ans qu'on s'était retrouvé·es. Dans ma tête, il nous restait bien plus que trois semaines. Guess I was wrong.

J'éviterai les détails parce que ma haine des progénitures de la bourgeoisie ne va pas ici, ne va pas dans le fait qu'il est difficile de concilier Hochelaga et la Rive-Nord. J'éviterai de m'étendre sur celleux qui foutent la marde juste parce que leur existence privilégiée leur a permis d'éviter de faire face aux conséquences de leurs actes. Le monde leur a toujours appartenu, iels le savent, et un enfant d'Hochelaga n'y changera rien. Je ne parlerai pas de cette sorte d'ambiance de not giving a fuck simply because the world gave you everything. Ce n'est pas l'endroit. Ce n'est pas ce dont je veux parler. Je me contenterai de dire que je suis incapable de me sentir à ma place parmi celleux qui n'ont, pour seuls points communs ensemble, que leur désœuvrement et une attitude d'enfants gâtés qui s'étire beaucoup trop longtemps après l'adolescence. Je leur souhaite quand même, un jour, de grow the fuck up. Sans moi.

Les responsabilités finissent généralement par sédimenter dans la lie des bières cheap. Il faut boire excessivement pour se faire croire qu'il y a quelque chose en commun avec les gens qui nous entourent, quelque chose en commun entre tou·tes ces petit·es bobos pseudo-artistiques que le fait de venir d'un milieu ultraprivilégié et d'écouter les mêmes quatre artistes. La condition sine qua non de ma présence au chalet était de pouvoir rentrer au travail le lendemain matin. On m'avait promis un lift qui ne viendrait jamais. Fallait que tout le monde soit drunk, without exception. Je me suis fâché et, quelques minutes plus tard, un dude qui était là, du haut de son insignifiance et de sa masculinité toxique, s'en est pris à moi en disant que je devais *stop being a bitch about it, it's not a fucking career.* Nos tons ont monté. Il riait. Les larmes se déversaient sur mes joues, barbouillaient leur rouge de plus en plus foncé pendant que je cherchais une solution en dehors du chalet, sur le bord de la seule route qui y menait. Au loin, je l'entendais crier : « What the fuck is wrong about being a man these days ? » Il aura fini par frapper quelqu'un, apparemment.

Une couple d'appels plus tard, j'ai fini par trouver un taxi qui m'aurait couté quatre-vingts dollars si un ami ne m'avait pas proposé de venir avec moi et d'en payer la moitié. Quand on ne vient pas d'une maison de banlieue clean et de parents universitaires, on a tendance à chercher à éviter de perdre sa job, même si on se ruine dans le processus. Quand on sait que rien ne nous est garanti, qu'on ne fait que défier des statistiques since the beginning, on tient aux choses qui nous permettent de continuer d'avancer, de ne pas perdre notre souffle quand on n'arrête pas de courir après ce que les autres ont eu en sortant du bon ventre maternel. Ce n'est pas que je tienne à vendre des vêtements à des gens riches pour le reste de ma vie, mais je sais aussi que mon quartier guette chacun de mes pas, prêt à me ramasser quand je trébucherai, à me refaire plonger dans cette vie qui m'est set up d'avance et dont je n'ai jamais voulue. J'imagine que c'est difficile à comprendre quand notre illusion de liberté cheap wannabe punk est financée à même les rentes de nos parents.

« What's wrong with being a man these days ? » C'est la raison précise pour laquelle je ne me suis jamais vraiment reconnu chez les autres hommes. La raison précise pour laquelle je ne cadrerai jamais dans mon quartier. La raison pour laquelle il m'aura fallu un travail énorme pour me dire, qu'au fond, je n'étais pas obligé d'être « a man » pour fonctionner comme il faut, que ça ne changeait rien et que « what's wrong », c'est de croire qu'il faut absolument être un Homme. Ma masculinité est trouée, à l'instar de ces trous qui parsèment mes chandails, même ceux que je paie plus de trois-cent dollars. Ces trous qui me rappellent qu'au fond, sous le linge griffé qui sert à gommer la distance entre moi et ces enfants bourgeois qui m'entourent, je ne suis pas comme eux. We are not the same and I'll always be a Martian. Je reste fermement pogné dans cette classe sociale, dans ce milieu qui m'a vu naitre, asphalté dans mon impossibilité d'être un homme ou de rattraper les autres qui n'ont jamais vu leur mère monoparentale éclater en sanglots parce qu'elle n'arrive pas à obtenir son diplôme. Je parviens à m'en extirper en me fondant dans un groupe sur une photo pour récolter une quinzaine de likes. Ma masculinité en porte des trous, elle aussi, des trous que j'agrandis sans cesse en crissant mes doigts dedans, et c'est mieux comme ça ; je n'arriverai jamais à dissoudre ma masculinité imparfaite et mes racines dans les mailles de mes tissus de luxe, et j'agrandirai toujours mes failles pour cracher fièrement sur ce que c'est de *being a man these days.*

Party monster

Woke up by a girl, I don't even know her name. J'aurais aimé pouvoir en dire autant ; trop tendance à me rappeler ce qui se dit à même le glissement des peaux. Ça aurait été easier d'être parfaitement un gars parfaitement straight qui se câlisse parfaitement de ce qui respire à côté de lui au réveil. Chaque matin, savoir juste thank lord for the day et laisser mes feelings sécher sur une couverture blanche. J'aurais aimé être The Weeknd, mais en encore moins fragile. J'aurais aimé être le The Weeknd de *Party Monster,* t'sais, mais je me sens un peu trop comme le The Weeknd de *Echoes of Silence,* comme une voix qui donne l'impression de se casser en même temps qu'elle supplie

Don't you leave my little lie.

J'ai eu des dates, rarement des hook-ups sans lendemain. Je sais étirer un peu le temps, stretch mes émotions, voir où ça peut mener et même donner des chances que je sais d'avance inutiles. J'ai fréquenté quelqu'un en sachant très bien qu'on ne saurait jamais s'accorder sur quoi que ce soit d'autre que notre effacement dans le monde. Même là. On n'a jamais su être similaires pendant notre dérive, on se savait juste étrangement nécessaires. Elle me trouvait « ambigu », surement l'adjectif le plus accurate qu'on m'ait collé dessus. Elle félicitait mon aptitude à ne pas être un « bro ». Dès notre premier rendez-vous, ma façade lui sautait aux yeux. Elle disait que j'étais à peine une vraie personne tellement j'étais bien ficelé, léché et contrôlé. Alain Farah a déjà écrit sur son besoin irrémédiable de devoir esthétiser l'ensemble de ses mouvements. J'imagine qu'on se ressemble un peu là-dessus, même si moi, mes histoires confuses et weird manquent de dossiers confidentiels de la CIA. Ça me faisait étrange d'être aussi rapidement déchiffré, que quelqu'un perce mon image. Je n'aurai pas été capable de baisser mes gardes pour autant. Un mois plus tard, on avait subitement disparu de nos vies avec la distance qui surgit usually entre moi et les gens, quand ma tempête passe, quand je me disperse ailleurs.

I don't wanna spend the night alone.

Je me suis perdu au fond de moi dans l'enfance. J'étais l'enfant solitaire, l'enfant seul qui préférait s'inventer son propre monde dans sa chambre plutôt que de laisser d'autres y entrer. Mon monde a continué de s'inventer dans les chambres au fil du temps, peu importe lesquelles. Mais j'ai aussi commencé à avoir peur d'être seul, à ressentir l'angoisse de me retourner dans mon lit et de ne plus sentir personne. Il m'a often fallu un niveau d'intoxication insoutenable pour accepter la solitude de mes draps. Ce n'est pas si surprenant que le peak de toutes mes disputes avec Justine soit quand elle me disait qu'on devrait rentrer chacun chez soi. Un deathwish exaucé qu'une fois en deux ans. Vers la fin. Je suis parti, choked up par la peur de me retrouver seul, dès qu'elle me l'a dit. Cette phrase est devenue un peu coutume chaque fois qu'on se disputait et, surtout, quand le métro était fermé. Elle m'a appelé, voulait que je rebrousse chemin et, pour la première fois, j'ai refusé. J'avais moins peur d'être seul à ce moment-là. Ma chambre me suffisait. Je pouvais mieux apprécier les autres, pouvais aller à des dates et dire non. Je pouvais voir d'autres genses. Je pouvais oublier mes peurs chez les autres, chez ces autres qui n'ont pas besoin de noms pour avoir pu s'écrire dans ma vie.

Mon amour pour The Weeknd est apparu à quatre heures du matin en marchant vers chez moi avec Emman somewhere en 2013. Ça faisait weird d'écouter un artiste qui arrivait à communiquer avec précision la menace qui planait dans les soirées où on se retrouvait en mettant de l'avant sa fragilité. C'était plaisant de s'entendre vivre, d'entendre quelqu'un mettre en mots nos soirées avec le voile de cette sorte d'attitude dont la masculinité ploie sous le poids de sa faiblesse. Just like us. C'était notre témoignage de ce qui se passe avant les matins où on se réveille en ayant mal à tout ce qui se peut. Ça nous parlait d'entendre tout haut ce qu'on ensevelissait sous les litres d'alcool et les cachets artisanaux, ceux qu'on se patentait avant de sortir, question de flirter avec le blackout. Les bouches succédaient aux nôtres. On se foutait dans le nez nos joies répétitives. J'ai passé la majorité de cette période avec Justine. On en embrassait d'autres, couchait avec d'autres, parfois pour vrai, parfois ça passait proche. On vivait l'exceptionnel d'une débauche, une célébration si unique qu'elle se répétait quelques fois par semaine au point de ternir le surréel, on finissait par s'user le corps en se transformant peu à peu en des clichés de marginaux du nightlife qu'on craignait être. On avait notre petite bulle, notre petite scène queer de genses ouvert·es et artistiques, mais pas nécessairement artistes d'autre chose que la déchéance ; une petite bulle où on avait le mandat de s'effriter religieusement dans des soirées identiques. Des répétitions, des spectres qui nourrissaient nos personas. Je me demande si je suis encore associé à ce party animal défoncé. J'en suis at least au « poète chiant habillé en linge cher ». On se la jouait petite rock star, moins les dents en diamants, le prérequis selon Kanye West. Je crois que ça va prendre un bout avant qu'on s'en défasse. J'ai dansé avec des inconnu·es, les ai embrassé·es, les ai oublié·es avec le réconfort de me reconnaître dans *House of Balloons* et, plus tard, de me sentir interpelé par la *Beauty Behind the Madness.* Ce serait impossible pour moi de parler de ma vie amoureuse, de ma tête qui fonctionne tout croche, de mes nuits qui se désagrègent, sans parler des fins de semaine, sans parler de The Weeknd. Sans parler de comment j'ai su trouver ma place en n'étant pas tout à fait un homme, en étant incapable de me reconnaitre dans le mâle alpha mais en me retrouvant plutôt dans nos styles de fashionable queers, dans notre promiscuité se comptant en milligrammes, dans le fait d'assumer mes blackouts et mes breakdowns. D'assumer d'être brisé par mes influences, par ces wicked games. We're happy here. This is fun.

Des fois, à bout de larmes, à bout de draps où me loger, à bout de l'énergie qu'il faut pour trouver l'autre assez spécial·e à l'aimer le temps que notre douleur passe, je voudrais me sentir comme la pochette de *Get Rich or Die Tryin'*, le premier album que j'ai acheté de ma vie. Je voudrais me sentir un homme, a real man comme 50 Cent avec ma cassure bien visible, être vraiment juste un gars avec les cicatrices comme signes de force plutôt que de faiblesse, avec ma mâchoire assez serrée pour ne laisser échapper aucune imploration de rester une nuit de plus. J'aurais aimé ne pas écouter d'autres albums, ne pas rencontrer d'autres personnes, ne pas traverser ces nuits à pleurer, seulement m'effacer derrière une image, derrière la première image de masculinité à laquelle j'ai été exposée et y disparaitre, avec mes failles. Être dégueulassement ce à quoi on s'attendait de moi dès le début.

J'aurais aimé die tryin', quelque part dans des échos de silence.

Poisson noir

Une soirée comme les autres. Un party normal, un party pour fill the blanks sauf qu'il coutait cinq dollars. J'étais terrifié à l'idée de croiser Justine et ses amies, désormais un incontournable de mes soirées, avec la crise d'usage en follow-up. C'était l'endroit idéal pour se croiser : un all-nighter cheap dans le pseudo Mile-Ex, dans le coin où toutes nos soirées se déroulaient et qui nous faisait croire qu'on était donc uniques et underground de se décâlisser chaque semaine de la même manière en dansant sur des sets répétitifs de DJ privilégiés avec leur loyer payé par leurs parents. Ma relation avec elle était finie, c'était bien après le métro Papineau, mais pas assez pour que je m'en sois remis. Je crois que je ne voyais déjà plus ou presque plus Polly. On se préparait à un drame, une crise, mais on se savait prêt·es aux petites destructions qui se cachent dans des lofts désaffectés, ceux auxquels on revenait tout le temps. Ça faisait trois semaines qu'on se voyait, trois semaines qu'on avait eu notre première date dans l'appartement sept sous l'œil bienveillant des drogues chimiques. Peu de temps avant, dans ton lit, on avait utilisé les mots

I love you. I love you.

Pas une conversation. Juste nommer ce qui existait déjà. Barthes aurait été ben content. C'était après que je l'ai dit à Polly et bien longtemps après que le mot a arrêté de suffire pour me justifier la présence de Justine dans ma vie. Je te l'avais dit plus vite à toi qu'aux autres. Peut-être que je savais l'urgence qu'on avait de devoir s'aimer avant que tu partes, avant que notre something else disparaisse.

On est allé·es au Poisson noir. Ta coloc continuait de me détester. Elle avait essayé de te faire croire que j'étais un « pathological liar », que c'était ce qui se disait sur moi. C'est assez difficile de convaincre quelqu'un qu'on n'est pas un menteur pathologique. Faut croire que ça vient avec l'écriture ; mettre en mots, c'est mentir. La grande fiction s'effectue dès qu'on parle, dès qu'on écrit. Tu me laissais le bénéfice du doute. Mes seuls mensonges auront été ceux d'avoir pris parole à la place de nos peaux, à la place de ce qui se disait quand le silence réitérait notre *I love you* original.

Avant d'entrer, on a traditionnellement pris une pilule de MDMA pour engourdir mon anxiété de voir Justine ou celle, nouvellement apprise, d'être en public et d'interagir avec pas mal n'importe qui. Derrière mon image de cheap rock star qui s'assure de garder le spotlight sur elle, je faisais aujourd'hui l'expérience de la peur d'être face aux autres. Je ne sais pas comment j'ai su conserver l'envie de braquer l'attention sur moi tout en la craignant. La solitude m'effrayait depuis toujours, et maintenant, ma peur s'étendait aussi à son opposé. Ça va mal à' shop. Dans chaque soirée, je me faisais encore suivre par les regards trop marqués du Félix ou les échos de Chertsey, du déclenchement de la fin avec Justine. Assis·es dans le party, on a été incapables de retirer nos sueurs l'une de l'autre, comme soudé·es par la brume artificielle d'un event au thème pseudo-romantique quétaine. On s'est surement répété un millier de fois à quel point on était en amour Les ami·es de Polly sont entré·es, t'ont saluée amicalement. Une amie de Justine est venue me voir avec une gueule d'enterrement un peu comme si c'était le mien, d'enterrement. Son nom est inutile ici, sa présence l'est aussi. Elle l'a toujours été dans ma vie. Une autre de ses amies est passée deux fois à côté de moi sans rien me dire et sans trop me regarder, voyant bien que j'étais avec toi. Mon ami Paul me textait sans arrêt parce qu'il voulait venir me rejoindre. Ta coloc était partie discuter avec d'autres gens du B.-C. dans la ruelle par laquelle il fallait passer pour entrer dans le loft.

Plus tard, elle est revenue pour nous dire qu'en me voyant, un gars lui avait demandé : « Who the fuck is this guy ? Is he bisexual or something ? He looks like a fucking faggot. » La masculinité est fragile par les temps qui courent. Entre ça et « What's wrong with being a man these days ? », on me rappelle souvent pourquoi je serai toujours fièrement inadéquat en tant que gars. On l'a croisé par la suite, lui et sa tuque noire. Il t'a souhaité « good luck ». On aurait peut-être dû lui dire merci. Tout s'est bien passé par la suite. Je n'avais pas à être autre chose, je n'avais pas à être moins queer. Je pouvais juste t'aimer. Même Polly ou Justine ne comptaient pas à ce moment précis. Let alone un inconnu insécure.

En partant, j'ai vu Paul au loin. On s'est commandé un Uber. Paul me dira plus tard qu'à trois heures et demie – l'heure où on s'est assis·es dans le Uber –, il a croisé Justine qui arrivait au Poisson noir. Il lui a demandé si elle m'avait vu, un peu trop soul pour réaliser qu'il n'y avait aucune manière que ça puisse arriver. Elle voulait savoir comme j'allais, et Paul a répondu que je semblais bien aller, que chaque fois qu'il me voyait j'étais en couple avec cinq personnes différentes, même s'il n'y avait que toi et Polly, au fond. On est arrivé·es chez toi, à l'appartement sept, à côté du Renaud-Bray. À l'appart où on tricotait l'amour qui allait panser les plaies de nos anciennes relations, où on allait pouvoir se donner une autre chance, quand Vancouver était encore hors de question. L'hiver allait peut-être être moins long que prévu, on avait notre courtepointe pour nous réchauffer, loin de Justine, loin de ma solitude. Cette soirée-là au Poisson noir, il n'y a rien eu de dramatique, sauf un dude threatened par ma non-masculinité. Il n'y a eu aucun drame. Il n'y avait que notre amour pour me faire comprendre qu'il n'y a rien de normal à pleurer chaque soir par amour.

Moonshine

Je ne sais pas pourquoi j'ai récemment été triste de voir que tu ne m'avais pas invité au dernier Moonshine. C'était chaque samedi suivant la pleine lune, souvent au Champ des Possibles. Je ne me suis pas rappelé de l'édition de ce mois-ci. J'ai appris que tu y avais été avec une autre personne. Ça faisait un mois qu'on ne s'était pas vu·es, mais j'ai tendance à croire que si je ne suis pas capable de m'expliquer, d'écrire une fin, c'est surement que ce n'est pas encore le temps. On n'avait jamais eu de problèmes ou de tension à proprement parler. Peut-être une fois où tu m'avais reproché ma distance, que je trouvais difficile à expliquer. No matter what, je veux parler d'un Moonshine. Pas celui où, complètement high, on a eu affaire à une situation awkward avec Justine. Je parle de celui d'après. Celui où avant de partir de chez toi, sur De Bullion, j'avais pris plusieurs médicaments, bu trop d'alcool et fumé une couple de joints. Ce Moonshine où on tenait à peine debout, mais où on trouvait la force de s'enlacer devant le DJ, de mettre notre amour dans la face de tout le monde. Je ne me souviens pas beaucoup de cette soirée, ça aurait pu être un blackout si j'avais pitché un tout petit peu plus de Xanax dans le cocktail. Sauf que je me rappelle quand on traversait le stationnement abandonné en se tenant la main, incapables de marcher droit avec les genses qui passaient en riant de notre état lamentable. Au fond, je me souviens du magnifique désastre qu'on était, s'échouant en plein milieu du dancefloor avec la grâce que ça prend pour se foutre de la fin du monde.

Le lendemain, on a appris qu'une de tes colocs avait mis sur Twitter une vidéo de nous deux qui avait pour sous-titre : *Xanax Got 'Em Like.* C'était une vidéo où je demandais à l'ami de ta coloc, ma bouche stallée dans la slush de la décrépitude

Do we look alike ?

Non. On ne se ressemble absolument pas. Pas physiquement, at least. Mais ça ne nous a pas empêché·es de nous aimer parfaitement, sans faille, au-delà des médicaments de contrebande et du memory loss qui s'ensuivrait. J'ai regardé la vidéo plusieurs fois. Je ne me suis jamais rappelé de ce moment. Tout ce qui a su s'inscrire dans mes souvenirs est le confort de tes bras juste après, quand je valsais avec ma conscience, probablement en équilibre avec la mort qui nous guettait chaque soir, cette mort qui se répandait un peu partout autour de nos cœurs fêlés. Les anxiolytiques nous endormaient les souvenirs sans pour autant calmer la passion, même après le silence, au-delà de nos deux têtes défectueuses. Ce silence qui a suivi notre rupture après le Café Saint-Henri, quand je recommençais à voir Justine, et même cette seconde fin qui allait nous surprendre, pour aucune raison claire, sans vraiment se trouver de chapitre ni d'endroit confortable pour mourir, comme aurait dit Emman. On allait cesser de se voir soudainement après que Lye et moi avons commencé à être de plus en plus un couple, pendant que ma fin avec Justine se consolidait pour voir même si on se mentait à nous et aux autres et qu'on finissait par se revoir, même après le métro Papineau. Malgré tout ça, malgré les mélanges, tu étais, à ce moment précis, ce qu'il y avait de plus sain dans ma vie, et j'aimerais encore que tu m'invites à sortir somewhere over the full moon.

Blackout III

Fatine co-organisait des partys. Ça s'appelait les 20/20. C'étaient nos partys mensuels auxquels on avait le plus hâte d'aller, ceux où on sortait nos plus beaux outfits et où on sortait en grand. Toute la durée des 20/20, j'ai été avec Justine. Je vivais, comme Drake, « for the nights that I can't remember with the people that I won't forget ». Si j'avais à faire un film pas mal kitsch sur des reckless teenagers insouciant·es qui party sans arrêt, je prendrais n'importe laquelle de ces soirées-là. Qu'on se caricaturait presque ne changeait rien. Être des clichés était un réconfort, une bittersweet poetry. Au moins, on était quelque chose. Ça m'a rapproché plus que jamais de Fatine depuis qu'on avait fait vœu d'amitié (vœu qui se révèlerait éternel) au Fattal. Justine avait manqué une soirée. J'étais avec Emman juste avant. Je pense qu'il était vingt-deux heures quand j'ai puke sur le trottoir après avoir pris un quart de coke d'un coup. La sangria cheap m'a nettoyé le fond de la gorge dès que j'ai relevé la tête. Dans le bus, on a rencontré un ado. Il nous a trade de la vodka contre de la sangria. On lui a dit de venir avec nous après avoir mixé notre sangria avec le reste de sa vodka. Emman et moi avions pris de la MDA, noyant dans le rouge de notre drink ce qui avait l'air d'être une capsule de poudre à canon. J'apprendrai par la suite que j'avais revu un ami qui était de retour à Montréal après trois mois au Mexique, et que je lui avais demandé s'il était nouveau ici. C'est ce même ami qui me sauverait environ deux ans plus tard en acceptant de payer la moitié d'un taxi Chertsey-Montréal. J'apprendrai que j'ai passé la soirée à me promener en me flattant la face les yeux fermés et qu'on pouvait même me voir le faire dans une vidéo sur Facebook le lendemain. J'apprendrai que j'ai dansé de manière excessivement explicite avec une amie et on me le dira en riant parce que la personne concernée savait très bien que ça me dérangerait quand je serais sobre. Je suis arrivé à quatre heures du matin chez Justine. Elle m'a demandé comment s'était passée la soirée. Une heure après la fin, j'ai réalisé que je me rappelais de rien.

Le Ritz PDB

Éric m'a dit que j'avais une retenue quand je parlais de toi. Que, même si j'avais dédié autant de chapitres à ma relation avec Lye qu'à la nôtre, il restait qu'il ne sentait pas que j'arrivais à expliquer comment je me sentais vraiment. Je ne sais pas si c'est l'absence de problèmes entre nous qui rend plus difficile le fait d'être honnête, d'être vrai quand je parle de toi. On dirait que je n'arrive pas à dire quelque chose de négatif, même si avant qu'on arrête de se voir, je parlais souvent d'un gouffre entre nous, something off qui rendait nos rapports plus silencieux et froids qu'ils ne devaient l'être. J'ai beau tenter de me raconter rationnellement ce qui s'est passé, me faire croire que c'est juste une distance qui s'est agrandie, me dire que le silence était normal et même un point positif de notre relation, les faits restent : j'ai eu une retenue avec toi jusqu'à la fin, et je l'ai still, cette retenue qui me garde accroché au-dessus d'une relation qui est passée sous moi sans que j'aie pu vraiment figure out ce qui causait notre dérive.

Notre relation est over depuis des mois. On ne s'est vu·es qu'une fois pour en parler, question de briser le malaise insoutenable qui existait entre nous, qui faisait irruption dans nos vies quotidiennes quand on se voyait malencontreusement dans un party entre les sueurs infusées à la drogue et la bass. Toi en couple, moi avec ma meilleure amie, Fatine. Tu l'as même déjà saluée, tout juste après m'avoir ignoré, incapable de savoir comment deal avec le malaise de notre situation trop floue. C'était au bar Le Ritz PDB pendant un des « Cousins Party ». Même après avoir pris un café ensemble, environ trois semaines plus tard, le malaise ne s'était pas résorbé. Probablement que tu dirais que c'est de ta faute, que tu sentais que je t'haïssais surement même si je te disais l'inverse, tu me dirais que la prochaine fois tu me saluerais et qu'on pourrait peut-être même avoir un contact normal et sain. Sauf que tout ce mess est entièrement de ma faute.

J'ai mentionné avant que tu m'intimidais et que notre contact avait souffert de cette distance, que j'avais créée moi-même. J'aurais pu comprendre, à nos débuts, d'être intimidé par ton arrivée dans ma vie. Maintenant, longtemps après, je rush à me faire entendre raison, à m'expliquer les émotions conflictuelles que je ressens, à m'expliquer comment je faisais pour être so fucking amoureux de toi, mais quand même t'avoir laissé·e partir, avoir concentré tous mes efforts dans ma relation avec Lye et avoir vécu un certain soulagement quand tu t'es mis·e à fréquenter someone else. Je sais how much I fucked everything up with you, je sais que notre relation valait la peine et que je l'ai sacrifiée par peur de t'affronter, par volonté d'ignorer encore plus ce qui se passait au fond de moi. Par peur de m'affronter quant à ce que je voulais de nous. Même si j'ai écrit sur notre relation, ça reste que je n'ai jamais trouvé les bons mots, les bonnes phrases pour m'expliquer ce qu'on devait être, au-delà du trop peu qu'on a su être.

« If you love me so much, then why'd you let me go », que Kid Cudi dit sur *Guilt Trip.* Les gens diraient surement qu'on ne laisse pas s'effacer de nos vies quelqu'un·e qu'on aime. Je t'ai let go, même si tu m'as souvent demandé ce que je faisais, même si tu m'as déjà confronté en message privé pour savoir

Why do you act like
you don't care
about me ?

Mes réponses ne suffisaient jamais. For both of us. Il y avait très peu à dire. Je répétais le silence, stretch le gouffre de tous bords, tous côtés. En fait, j'avais très peu à dire. Incapable de me questionner pour vrai sur ce qui se passait, je laissais les choses aller, laissais les choses être emportées par la tempête dans ma tête, les laissais devenir un naufrage de pilules. Quand je suis vraiment anxieux, je me ferme sur moi-même. I said it before. Un shutdown complet. Je m'aliène un peu tout le monde ou presque au profit d'une ou plusieurs relations. Je me dirige vers ce qu'il y a de plus sécuritaire et sécurisant. J'ai été vers ce qui me faisait vivre les émotions les plus fortes, la relation la plus passionnée, qui allait se finir aussi abruptement qu'elle avait commencé en se disloquant from coast to coast. J'ai été vers Lye avant qu'elle parte d'ici. Depuis mon enfance, l'abandon me terrorise. C'est moi qui abandonne les gens, je refuse l'inverse. Rien ne me fait plus peur que les départs dont je ne suis pas responsable. Je suis même prêt à me faire croire que c'est moi qui ai décidé de certains départs quand ils arrivent, même si c'est faux. Je ne me suis jamais pardonné le tien, même si je l'ai forcé.

Je n'ai jamais arrêté de care about you. Je n'ai jamais arrêté de me sentir coupable, de savoir que j'avais fait une erreur, même si je sais que notre relation n'a pas été aussi parfaite que je me le fais croire, même si je sais que, malgré tout, je suis encore tout autant incapable de parler négativement de toi, qu'au fond c'est mieux comme ça. Tu as trouvé une autre personne, et je me trouve un peu plus dans mon errance quotidienne. J'espère quand même qu'un jour je saurai plonger assez en moi pour en faire jaillir ce qui m'a keep away et que je pourrai vivre un peu mieux ce que je ressens pour toi ; surement qu'à ce moment-là, on pourra se saluer de manière normale et saine quand on va se croiser au Ritz PDB.

Rue

Je possède pas loin de cinq mille dollars de chaussures chez moi et, d'ici à ce que ce livre soit publié, je vais surement avoir raise le montant de quelques centaines, voire milliers de dollars. En accumulant les dettes, je façonne les premières impressions, m'assure d'exister même dans les souvenirs d'inconnu·es. Je m'en fous un peu d'avoir l'air prétentieux, tant que je ne m'efface pas, tant que je reste là. À la limite, je serai la trace grisâtre qu'on n'est jamais capable de faire partir sur une feuille de brouillon. As long as I'm still here. Il n'y a aucun hasard derrière le fait que je passe la majorité de mon temps à faire des stories sur Instagram. Je m'écris toujours un peu mon histoire que je corrige chaque jour, que ce soit en modifiant un peu ma signature ou en altérant légèrement ma manière de rire. Je m'assure d'exister par mes manies, mon linge ou mes posts éphémères sur les réseaux sociaux. Je m'assure d'écrire mon histoire partout.

Les plus grandes dépenses vestimentaires dans mon enfance devaient très certainement être mes vêtements d'hiver et mes souliers. Ma mère voulait me faire marcher le plus possible, tout le temps. J'étais peut-être un enfant solitaire, incapable d'interagir avec les autres, mais je devais quand même sortir de chez moi et marcher. Pendant une tempête de neige, je marchais avec ma mère. Je marchais jusqu'à l'école. Je marchais pour aller un peu n'importe où. Aussi, je n'avais pas le droit d'être de mauvaise humeur. Surtout pas le matin. Ça m'a suivi. Au secondaire, ça me suivait quand je parvenais à faire rire les gens stratégiques, celleux qui allaient alléger la torture scolaire, celleux qui allaient éviter au premier de classe d'être bullied. Ça me suivait aussi quand j'allais fumer des joints avec mon premier vrai ami et qu'on marchait jusqu'au Stade pour trouver un recoin où s'allumer un gramme de pot mal enfoncé dans une pipe rouillée, quand on peignait l'adolescence dans le rouge qui noyait nos iris. Ça me suit quand je passe deux heures à marcher avant un party pour être sûr de ne pas être seul en arrivant.

Je déteste être en avance, surtout seul. Maintenant, les retards me traquent, et je préfère souvent me faire attendre que d'être le premier arrivé à devoir essayer de me mettre en scène doublement sans pouvoir m'appuyer sur les autres. Je dois savoir comment me composer adéquatement avant chaque chose. Souvent, c'est ce qui explique mon incapacité à sortir sans plusieurs heures de préparation. Des heures passées à lancer des sneakers et des vêtements griffés, à ensevelir ma chambre de Raf Simons sales. Sauf que souvent, aussi, ça se traduit par un besoin irrépressible de sortir, même s'il fait moins quarante. Getting the fuck out of somewhere to get the fuck out of me. Dans ce temps-là, je vais marcher, je vais errer. Cette errance que je répète dans mon écriture pas toujours claire, déconstruite, en promenade pas toujours syntaxique dans ma mémoire inégale, floue qui brouille les visages pour n'en former qu'un, un peu toujours le même, un peu toujours le mien, parce qu'au fond, à travers les noms, les pseudonymes, les drogues, les langues, je ne parle que de moi. Je finis par marcher pour avoir de quoi écrire ou pour composer ce que j'ai à écrire avec le même faux air de calme et de sérénité, question de dire à tout le monde qui risque de me croiser plus qu'une fois que tout est correct et qu'il ne faut pas s'en faire : je vais finir par get there. Ça me permet de bien camoufler l'anxiété qui retient ma mâchoire ensemble, un fil de fer pour que je ne parle que through the wire. Cette anxiété qui prend mon téléphone de mes poches à ma place et qui s'assure que je défonce mon forfait de données mobiles en poursuivant ma mise en scène.

Les gens parlent de la marche comme d'une relaxation ou d'une exploration. Fuck off. J'ai déjà relaxé et exploré. Ça ne m'a jamais trop tenté par après. Je connais Montréal sur le bout des doigts et le stress est noué éternellement dans mes épaules. Je préfère plutôt voir ça comme aller promener sa peur des autres pour s'assurer qu'elle reste tranquille le temps d'une soirée, la mettre en laisse et la sortir avant qu'elle retourne dans sa cage. Ça décale un peu le moment où je me mets à fixer le vide et que je dois partir au plus vite d'un party, que je dois attraper le premier bus qui me ramènera loin de mes peurs, loin des neon lights et des white lines. Ce moment où, avec Justine, je me suis trop souvent fait dire de rester plus longtemps parce qu'il n'y avait pas que mon inconfort qui comptait. Ce moment où Polly acceptait qu'on parte immédiatement. Ce malaise que je n'ai vécu qu'une seule fois avec Lye et qui coïncidait avec notre première dispute.

Parfois, je suis sorti avec un but. J'ai dépensé de l'argent que je devais économiser rien que pour aller marcher. Les cafés, les vêtements et les drogues allégeaient mon portemonnaie, me donnaient une excuse valable pour ne pas être à l'intérieur de chez moi, pour ne pas être à l'intérieur de moi mostly. Aller me montrer en public question que mes dépenses déjà excessives se mêlent à d'autres dépenses excessives et finissent par m'apaiser. Look at me, I know how to dress but most importantly, I know how to walk. Les gens ne me connaissent pas, ne sont pas dans mes shoes, mes shoes usés à la corde, qui ont beaucoup marché. Je me vante fréquemment de bien connaitre Montréal et d'être très conscient de ce qui se passe autour de moi, des gens que je croise, d'avoir une mémoire excellente des noms et des visages même si ça se résume à les avoir croisés dans ma boîte de notifications Instagram ou Facebook. Je crains qu'on sache qu'au fond j'expose mes mécanismes de défense. Je n'aime pas être pris au dépourvu, tout est planifié. Même ma spontanéité. Je marche pour être sûr d'avoir fait de la place, de décider d'avance où mettre mes pieds. Question, qu'au fond, je sois Jean-Guy. Celui dont on like les photos, avec qui on prend une selfie et qu'on se rappelle le nom parce qu'il porte des jeans en patchwork trop chers et des chaussures trop grosses. Maintenant, je connais le trajet de cette rupture au métro Papineau avec Justine et le trajet de cette soirée chez Polly où j'ai décidé de passer à autre chose, et je sais comment faire pour me retrouver dans l'autobus qui m'a amené du restaurant grec à l'appartement sept sur Saint-Denis.

Appartement sept

À côté du Renaud-Bray, Tinder m'écrivait des nuits filtre ; celles sans Justine, des nuits où je tentais de laisser mes traumatismes se prendre dans les mailles d'une application. Ce mois-là, je sortais avec Polly, et la distance s'agrandissait entre nous au même rythme qu'elle se creusait entre moi et le reste de mon entourage. Même Babel n'aurait pu contenir notre silence. Justine résonnait, teintait chaque respir, l'écho d'une bouteille qu'on casse quand les mots n'en peuvent plus de supporter le monde. Je ne m'étais pas remis de notre rupture, des mots sauveurs en Godot qui n'arrive pas, de quand elle m'avait hurlé de la laisser parce qu'au fond elle ne voulait pas avoir à me supporter, de quand elle s'était excusée en me disant aussi qu'elle ne désirait pas vraiment changer pour moi. Son univers était en construction perpétuelle, se nourrissait de moi, mais se créait en marge de moi, voire contre moi. Je voulais qu'on se construise un univers, probablement pour échapper momentanément à celui que je m'étais créé et qui m'avalait. Je ne me remettais pas non plus de comment elle avait pu me dire que je n'arriverais jamais à la laisser. Nos têtes luttaient en permanence et renversaient tout l'amour qu'on pouvait avoir l'un pour l'autre.

Juste à côté du Renaud-Bray sur Saint-Denis, là où je ne savais même pas qu'il y avait un bloc-appartements, je t'ai rejointe. On s'était croisé·es pendant le week-end, j'étais avec Polly dans un after-party, celui où Win Butler se prenait pour un DJ, like everyone else à Montréal. On s'est serré la main, probablement donné un câlin, aussi, en se souhaitant une bonne soirée et en se disant avoir hâte de se rencontrer, pour vrai. La MDMA commençait à melt en moi. We played it off. On ne s'est pas vraiment revu·es de la soirée. En fait, je faisais semblant de ne pas te voir danser seule en t'approchant, trop timide pour venir me rejoindre. Je dansais avec Polly et notre date commune, cette personne qu'on avait ask out après qu'on se soit fait nos déclarations d'amour, avec le stress infatigable de croiser Justine. Polly te décrivait comme étant *problematic* sans se rappeler pourquoi. Pour iel, tu étais une autre *basic problematic white girl.* Tu me parleras calmement par la suite de la haine qu'il y avait dans ses yeux quand iel te regardait danser.

Mon écriture me ramène au souvenir, et pourtant je n'ai jamais su vivre la nostalgie comme il se doit. J'écris de mémoire, mais je vis en tentant de m'effacer prématurément, je spend on drinks like I'm trying to die. Notre match Tinder datait de février, on s'est parlé pour la première fois en aout. On a pris probablement moins de vingt-quatre heures pour organiser une date, une date qui a été reportée au lendemain, vu qu'on était tous les deux trop hungover du Moonshine pour bouger. C'était la fête de ma meilleure amie, Fatine. Je suis parti d'un restaurant grec de Parc-Extension pour aller sonner à ton appartement, le numéro sept.

Par habitude, je demandais à mes matchs Tinder leur signe astrologique. Fatine m'avait habitué à faire confiance aux étoiles et, même si je n'y ai pas cru pendant longtemps, j'ai toujours pas mal fait confiance à Fatine. Lorsque tu m'as appris que tu étais Balance, ascendant Balance, Fatine a réagi en majuscules, me hurlant de me lancer sur toi. Vu qu'elle ne s'est pas trompée par rapport à la relation weird de confrontation que j'avais avec les Vierges et que ma carte du ciel me terrifiait par sa justesse, j'ai suivi son conseil sans trop me poser de questions. Fait cocasse : Justine était Capricorne et Polly était Lion comme, respectivement, ma mère et mon père. Mon beau-père était Balance. Les étoiles ne me laisseront jamais tranquille. Never fuck with the stars. Fin de la parenthèse astrologique.

Après dix minutes, ta coloc et moi avions réalisé qu'on se connaissait sans le savoir. Trois ans plus tôt, je me rendais fréquemment chez elle à Saint-Henri, au Fattal, pour des partys qu'on aurait cru sortis tout droit du plus cheesy des épisodes de Skins. Entre le cégep et la chambre rouge. C'est là que j'ai mis le pied dans l'univers qui deviendrait le mien pour les années à suivre. Je commençais à peine à vouloir être poète que je m'assurais déjà ma déchéance. Un univers où l'Octane, la coke et les pilules épousent les courbes d'un soleil qui rush à se lever. C'était le début de ma plongée dans l'enfer déjà bouillant en moi, c'était aussi le début de certaines de mes plus fortes amitiés, dont Fatine. Même si désormais le Fattal était loin, ma propre histoire me rattrapait sur ton sofa.

I hoped I could find a cute face to make out with.

On venait de split une pilule en trois. Tes yeux s'arrondissaient avant même que tu mettes le billet de cinquante dans ton nez, devenaient des ballons avant que quoi que ce soit s'insuffle en eux. Tu cherchais une face cute avec laquelle frencher. La phrase était sortie normalement, casually, pendant que ta coloc était aux toilettes. Désemparé, je ne disais rien et tu as répété ta question. Je t'ai répondu que j'étais down to be that cute face. On s'est frenché·es le temps qu'elle revienne, le temps qu'on comprenne tous les deux que ça ne s'arrêterait pas là, qu'il y avait de quoi à trouver après tout. Moins d'une heure après, elle se fâchait déjà en nous disant qu'on était *gross as fuck,* vu qu'on s'abandonnait à notre pulsion, soudé·es du bout de la langue On aurait aimé se dire que c'était juste la drogue, qu'on ne pouvait pas vraiment connecter à ce point-là, pour vrai, à une première date Tinder. La nuit glissait sur nos peaux, alors qu'on peinait à retrouver notre souffle entre les orgasmes qui s'enchainaient. On se reverrait cinq autres fois en neuf jours, à la même place.

I feel like we could fall in love.

Nu·es, défrichant du bout des doigts les extrémités du pays sans réellement savoir qu'il y aurait assez de mots pour écrire d'une langue à l'autre et se dire sans cesse plus, pour reformuler la même attirance from one night to the other. Tu me savais en couple. J'insistais là-dessus quand je rencontrais des gens qui m'intéressaient. J'insistais sur ma relation polyamoureuse avec Polly, qu'on voyait une autre personne ensemble et que Polly voyait aussi someone else. On parlait longuement de nos ex. Je te parlais de Justine, de notre couple ouvert qui n'a jamais vraiment été si ouvert et qui s'est abruptement fermé, qui a connu trois ruptures, qui était d'une intensité incroyable et qui m'a irrémédiablement wrecked. Je n'avais pas recommencé à la voir, après, et le métro Papineau était juste deux mois derrière moi. Tu me parlais de ton ex d'avant et de l'autre, de ceux qui n'acceptent les fins qu'en faisant éclater du verre et qui s'égrènent sur les répondeurs trop tard après quelques bouteilles. Tu me parlais de comment tu venais de passer la dernière année en ermite, seule dans une ville qui ne parlait pas ta langue sans te sentir à l'aise de step outside. On était deux champs de bataille vides qui s'étaient par hasard échoués dans un appartement de la rue Saint-Denis.

I feel like we were falling in love when we met and even before.

Tu m'avais dit ça. Après qu'on a couché ensemble, tu soulignais aussi le ridicule du fait qu'une application sur ton téléphone te permettait de te faire livrer quelqu'un avec qui baiser, voire quelqu'un de qui tomber amoureuse. J'étais ta première et, pendant longtemps, ta seule date par Tinder. Tu disais être rarement attirée par les gens. Il leur fallait quelque chose de spécial. De quoi comme une beauté autodestructrice, fragile, entre les genres à valser dans l'androgynie. Tu m'appelais comme ça

My special boy.

Mon livre

À ce qui s'appelait avant le Gainzbar, on a été prendre une bière, après notre break-up, vu qu'on se voyait encore, en marge du roman. Une idée ridicule, surement. Une idée ridicule, surtout quand on considère que le roman existait déjà, qu'il commençait à naitre. J'écrivais systématiquement comment je me souvenais de nous, comment on s'aimait, comment on se perdait quand notre santé était le dernier de nos soucis, comment j'avais encore la marque de Chertsey et du Félix sous mes tatouages qui se multiplient depuis. C'est rough de me confronter volontairement à ce qu'on s'est fait vivre. C'est rough de me confronter au fait que même si on s'aimait et qu'on avait de la misère à arrêter, ce ne serait jamais vraiment plus pareil.

J'ai peur de mal te représenter, mais je ne veux pas que tu y mettes du tien. Je veux parler de toi sans que ce soit juste toi, parler de notre relation sans rejeter sur toi tout le blâme et me dépeindre comme la victime que je ne suis pas. C'est le problème qui vient avec le fait de s'accorder le droit de parole exclusif. Je l'ai dit. C'est peut-être un peu le problème de l'écriture Les choses et les gens deviennent des phrases et des personnages. Je me demandais des fois à la blague si je devrais le mettre en warning dans ma bio Tinder. Une prof d'université m'a dit que les écrivain·es faisaient du pillage, le pillage de vies et de personnes. Je t'ai dit d'avance quand j'ai commencé ce livre que j'avais le droit de dire ce que je voulais de notre relation, qu'en me lisant n'importe qui serait conscient·e du fait que c'est juste un point de vue et, qu'au fond, personne n'avait le droit de m'enlever l'expérience de mes relations, peu importe comment la situation s'est passée. Ma réponse, souvent impatiente, était que si tu avais peur que j'en parle, ça avait juste à ne pas se passer.

Fallait que j'évite de te montrer certaines parties. On le savait tous·tes les deux. Tu ne voulais pas voir les passages sur Polly et Lye, avec raison. Je n'allais évidemment pas te montrer ceux qui parlent de nos disputes, au cas où ton opinion viendrait altérer comment je me suis senti à ce moment-là. At the end of the day, je ne faisais que mettre sur papier ce qui n'a pas su s'effacer de ma tête, que ce soit les engueulades ou les fois qu'on a su s'aimer mieux que les autres dans le creux de ta chambre ou d'un voyage à New York. J'ai peur que ma mémoire se désagrège, et c'est surement en partie pourquoi j'écris avec cette pulsion d'honnêteté, celle-là même qui m'a longtemps fait hésiter avant de cacher certains noms derrière des pseudonymes, cette honnêteté qui me place à cheval entre les langues. J'essaie d'être sincère, d'aller au-delà de ce que les gens perçoivent/considèrent comme de la sincérité et croient souvent déceler à travers ma façade. Tu savais que mon livre était une continuation de ça, même si tu m'as avoué le détester profondément avant même d'en avoir lu un passage. Tu m'as dit le détester même après avoir lu le passage sur ta chambre, celui où je parlais positivement de nous, où je cernais le moment où on déposait les armes, celui où je rappelais le confort qui existait loin des verres à shot.

Tu as fini par me demander si tu pouvais lire « Chambre rouge », dont les gens ont beaucoup parlé les quelques fois que je l'ai lu dans des soirées de poésie. On te disait que tu le trouverais assez tough à deal with. Moi, je ne comprenais pas ce qu'il y avait de difficile là-dedans. On s'est parlé de comment je te percevais, de ce que j'y montrais de toi et de l'angle avec/dans lequel j'en parlais. J'ai peut-être une mémoire assez bonne pour écrire exactement comment les choses se sont passées, mais je n'ai pas le recul nécessaire pour éviter la déformation. Même si j'essaie d'amincir mon filtre, la vérité n'existe pas, surtout pas quand on parle de soi-même. S'écrire, c'est mentir openly sur la place publique et le reconnaitre. J'ai fini par modifier le chapitre. Et c'est pour ça que j'ai refusé de te faire lire le reste, pendant tout le temps où on a continué de se parler, pendant toutes ces semaines qu'il restait à 2016. Mais au fond, j'aurais aimé que tu lises le roman d'un bout à l'autre. Aimé que tu le lises avec détachement, que tu aies finalement accès à ce que je ressentais dans les mots qui devaient être prononcés plutôt que ceux qui ont fini par se glisser dans mes phrases improvisées, mes phrases bombardées dans l'écho d'une porte qui se claque pour ponctuer notre relation d'un de ces doutes qui finiraient par nous tuer.

Lye et Polly ne peuvent pas lire ce que j'écris en ce moment. La barrière linguistique existe, même si nos relations l'ont traversée. Tout ce que je leur livrais ne dépendait que de ma traduction, une traduction de second niveau qui diluait ces émotions souvent trop confuses pour que j'arrive à les exprimer clairement, à les rendre lisibles avec toute l'inexactitude de mes blackouts.

Sauf que pour toi, à travers le flou même de ce qui restait de nous, à travers le flou de mes mots choisis mais ambigus, il fallait un peu de la vérité. At least de la tienne. Même mes noms ne sont jamais fictifs, même les pseudonymes disent la vérité. Ma seule fiction, c'est les autres. Les noms sont porteurs de ma vérité, même ceux que j'omets volontairement, ceux que je cache pour mieux dire qu'au fond c'est de moi que je parle. J'ai rangé sous des pseudonymes celle que j'aimais pour qu'elle existe toujours, tout comme j'ai rangé celle qui s'est volatilisée de l'autre côté du Canada et comme j'ai enfoui ma peur d'affronter une personne sous un nom presque comique, sous une inside joke de soirée trop vite oubliée. J'écrivais surtout sur toi, sur celle que j'aimais, oui, mais celle avec laquelle je me suis perdu. En nous écrivant, je voulais me faire exister, me matérialiser un peu, pouvoir colmater les brèches en sachant qu'il n'y avait plus rien à réparer entre nous, que Justine et toi ne seraient jamais la même personne, mais qu'un jour je recollerais les morceaux et verrais peut-être un peu de sens dans mon sabotage.

Jamais assez real, assez raw même si c'est tout ce qu'on complimente chez moi. Même Éric me le reprochera en relisant mon manuscrit. Je ne laisse pas assez voir mon intérieur. Le problème, c'est de savoir dire les choses tant qu'elles se trouvent à l'extérieur. Le problème, c'est de ne jamais savoir plonger au fond de moi-même parce que tout ce qui sort de ma bouche existe en brouillon dans ma tête, pre-written. Ce que je dis est déjà édité, corrigé. Je triche dans mes interactions sociales. Je suis un introverti sociable. Je n'ai aucune difficulté à m'exprimer, à prendre toute la place, à remplir la pièce de ma personne à en couler partout, à déborder pour transformer n'importe quelle pièce en mon bain, celui où je m'amusais avec une trâlée de plats de formes différentes quand j'étais petit pendant que j'oubliais mon quartier, ma famille, l'école. Tout est un peu mon bain et je me sens seul dedans. C'est facile de vivre, de fonctionner et même de réussir socialement en ayant comme bouée de sauvetage les petits scénarios que je m'écris d'avance, ma petite introspection prémâchée. Je laisse même quelques fautes de syntaxe pour qu'on me le dise que je suis authentique. La façade est là. La barrière tient. J'ai appris à nager plus tard que les autres, j'ai été sociable plus tard que les autres, trop pris dans mon univers, trop pris en dedans de moi pour être capable d'y voir quoi que ce soit ou de laisser les autres y prendre place. Comment je suis censé soutenir la pression d'être le kid qui ne devrait pas être là dans une classe d'université ? Celle d'être le kid qui ne devrait pas être là dans un groupe social où tout le monde vient d'une belle petite famille javellisée, upper middle class, qui leur donne d'avance les choses que j'ai dû apprendre par moi-même sur Internet, que j'ai dû apprendre seul jusqu'à ce que le soleil vienne me creuser des cernes permanents parce que je n'ai jamais voulu de ce quartier, de cette classe, de cette langue. Et, au bout du compte, ma façade est en porcelaine un peu trop dure, et je me demande encore comment donner forme à mes feelings, comment arriver à la vérité sans que ça sorte avec une convulsion, sans que je vomisse de tous mes pores à quel point j'ai appris à encaisser, mais jamais à me casser, ni à identifier qu'est-ce qui savait encore me faire brailler, qu'est-ce qui me ramenait jusqu'ici, jusqu'à l'épave sur laquelle je t'ai invitée pendant ces deux ans-là. J'aurais voulu que tu stay a little bit longer with me. Et, au fond, that might be it. J'ai peut-être surtout cherché à me rappeler de tout ça pour épuiser notre relation, pour ne pas que ça finisse au métro Papineau ou longtemps après, un matin où je déciderais qu'il faut qu'on disparaisse de nos vies dans ces nuits que je ne mentionne pas ici. Me rappeler que si je suis capable de dire tout ceci sur toi, sur Polly, sur Lye, c'est surement une preuve que j'ai su aimer pour vrai, even avec tous ces échecs, que j'ai su aimer trois personnes intensément, at the same time, même si ma vie s'écoulait calmement vers une catastrophe trop expected, que même si les gens changent et que les mots s'oublient, trois noms ont pris place sous des pseudonymes pour que mon histoire soit indélébile. Eileen Myles avait dit à Marie Darsigny qu'elle devait écrire un livre sur son ex, et tout le monde m'a dit que je devais écrire un livre sur ma vie. Je ne sais pas si *A Little Death Around the Heart* a permis à Marie de s'en sortir, je ne lui ai jamais demandé, mais je sais que j'ai écrit un livre surtout sur toi et qu'il me reste quand même aujourd'hui un peu de mort autour du cœur.

Après

Se voir. Coucher ensemble. De retour dans l'incapacité à définir ce qui se passait entre nous. Le flou perpétuel d'un présent qui ressemble trop à un souvenir. L'impact d'un blackout dont on ne se sort pas vraiment. Pleurer par intermittence. Il ne reste plus grand-chose, même si on se fait croire qu'il reste encore de quoi à gratter sur les bords. Quelques soirs par semaine, se demander quand est-ce qu'on arrête avant un crash de plus, de trop. 2016 aurait bien pu accueillir une mort de plus. La nôtre.

Si tu veux continuer de me voir, faut que
t'acceptes que dans ma tête on ne sera surement
jamais plus clair que ça.

Il n'y a jamais eu rien de clair dans ma tête. Même après. Toujours après. Qu'on réessaie une centaine de fois, une centaine de cafés, une centaine de baises imprévues, une centaine de ruptures devant une centaine de stations de métro, à' longueur de la ligne verte if needed. Ces nuits où on baise, nos corps incisifs et absurdes comme le sang et les tripes de Kathy Acker. De la passion prise entre les dents, la beauté d'une mort dans la carcasse du crépuscule. Les larmes arrivent, les autres dansent entre nous, deux personnes de l'Ouest apparaissent entre nous, viennent créer les tempêtes qu'on ne sait plus avoir. J'ai eu envie de te dire que

Je regrette de t'avoir rencontrée.

Mais je ne regrette jamais rien, and I hate lying. C'est tout de même ce que j'ai eu envie de te crier, au moment où la poudre se désagrégeait en retard dans mes narines en préparation pour un autre évènement littéraire où je n'ai rien écouté.

Micro ouvert

Wasted à chaque fois. Même pas toujours capable de me rappeler de mes propres lectures. Même pas toujours capable de rester conscient. Au moins une fois par mois, surtout le deuxième dimanche au Bistro de Paris, je monte sur scène pour me justifier à moi-même que je fais quelque chose de ma vie. Que mon égo immense existe for a reason, peu importe son insignifiance. Je le nourris comme ça en me vulnérabilisant devant des gens, en me fracassant la voix contre, assez souvent, le même micro, généralement le plus grand sur scène. Je semi-braille ces centaines de textes que je trouve le moyen d'écrire au travers des nuits qui n'arrivent plus à finir, de l'école qui m'apparait souvent plus comme un break de ma vie qu'autre chose, de ma vingtaine d'heures par semaine à vendre du linge et de mes relations qui apparaissent et s'entrecroisent, ces relations qui implosent avec la grâce d'une supernova pour s'inscrire aux côtés des brulures. Je trouve le moyen d'écrire dans les transports qui me font réaliser que j'habite à une heure de ma vie, ces transports qui me ramènent chaque jour à l'est comme un Sisyphe qui remonte la pente après une nuit de go. Surtout, je trouve le moyen d'écrire quand tu n'es pas là. J'ai besoin de ne pas avoir à show off, de ne pas avoir à cadrer avec ce genius de début vingtaine qui écrit de quoi de potable dans un temps record. Je ne suis pas un prodige. I just need to run faster. Je préfère m'effacer dans mes relations que d'avoir à m'écrire, d'avoir à m'admettre que sans toi, sans Polly, sans Lye, j'ai peur. J'ai peur de moi.

Je ne suis pas un romancier. Je suis un poète, mais des fois la vérité que je veux extraire sort mal en vers. Je me déverse dans de la prose trop longue, dans des personnages qui n'en sont pas vraiment à essayer de dire au fond que je peux juste me connaitre dans le regard des autres, dans l'image générée par la superposition des traces que je laisse. Je dis et j'invente des noms qui, en bout de ligne, ne finissent que par être le mien. La poésie crée des images à partir des émotions qu'on est incapable d'exprimer correctement. Mon éditeur, Éric, me dit que c'est notre problème, à nous, les poètes, à Maude, Daniel et moi : on n'est jamais assez clair·es, on a souvent même peur de l'être, peur de trop en donner. On finit surtout par jamais assez en donner, par sortir des affaires trop floues même quand on a l'impression qu'il ne reste plus rien à sortir après qu'on a étendu nos tripes dans un énième document Word. L'autofiction nous force à articuler nos blessures, nos organes câlissés là for everyone's eyes, à aller plus loin pour avoir une chance de trouver les bons mots et savoir ce qu'au fond on cherche à dire, ce qui compte vraiment. Je ne me suis jamais vraiment bien exprimé sur ce qui comptait vraiment. Sauf quand je performais mes poèmes maladroits jamais publiés. C'étaient les quelques fois où j'ai su dire correctement que j'aimais, toi et les autres.

J'ai commencé à écrire à peine avant qu'on commence à sortir ensemble. Je mettais en mots mon mal-être post-break-up de première relation. Mes lectures sur scène ont longtemps été un retour à ce moment-là, à ce que je ressentais face à l'effondrement. Je me cassais au tournant des vers, grinçant entre les larmes que j'ai oublié de verser quand il le fallait. Je tremblais à mes premières lectures, et ça s'est dissipé assez vite. Je ne recommencerai à trembler que les premières fois où tu m'as entendu lire et la première fois que je suis monté sur scène après notre dernier break-up. Plus ou moins rapidement, je perdrai le ton triste et fragile, je perdrai ma signature, un peu tanné d'être juste vu comme étant braillard, un crybaby, pendant que j'étais moins triste, pendant que ça allait bien entre nous, dans le temps où ma condition psychologique était subordonnée à nos aléas, nos ups and downs quotidiens. Ma persona de mess trop émotif et trop arrogant prendra le dessus et les mélanges intoxicants deviendront ma nouvelle peau pour lire. Ce n'est pas que je lisais sobre avant. Absolument pas. Je lis pretty much toujours sous l'effet de substance, même complètement fucking wasted. Moins par anxiété que par honnêteté. Ça peut paraitre contre-intuitif mais, au plus scrap, le corps le plus troué possible, on peut atteindre de quoi comme une vérité. On peut at least endormir le mensonge, la fiction de notre sobriété. Me semble que j'étais sobre la première fois que j'ai lu ton poème préféré

tu m'as déchiré
une place
dans tes jeans
seulement
pour m'entendre
promettre
de te réchauffer
tout l'hiver

Je l'ai changé quelques fois depuis. C'est sa version la plus finale, celle qui apparaît dans ce manuscrit que, après le refus, j'ai laissé de côté pour immédiatement travailler sur un autre. Chose que j'ai faite surement moins par désir de pondre un meilleur projet plus révolutionnaire qui ébranlerait à jamais l'histoire des lettres que pour laisser de côté le peak de nos soirées les plus intenses et, un jour, mieux en parler. Comme en ce moment. Chose que j'ai surement faite parce que le rejet me pétrifie toujours autant. C'est drôle de se dire qu'aujourd'hui, en lisant sur scène certains chapitres comme celui-là, avec la voix aussi tremblante qu'elle le sera probablement, malgré la confiance acquise et la persona plus en contrôle, malgré les drogues et l'alcool pris pour la feed, je ne suis surement qu'en train de rejouer cette fois où je lisais ce poème-là devant toi. Cette fois où j'espérais que tu voies autant que moi à quel point il y avait tout ce qui nous décrivait le mieux dans ces vers un peu trop courts, un peu malhabiles et pas assez poétiques. Je ne sais pas si ma voix cassera encore quand je lirai ça devant une foule, mais je sais que je vais espérer que tu sois là, malgré nos millions de ruptures, malgré Papineau toujours trop proche, malgré le silence qui s'étire entre nous, pour me dire juste après que c'est encore ton poème préféré.

Blackout IV

Parce que derrière tout ça il n'y a pas juste Polly, Lye et Justine et qu'on dirait qu'il me faut des blackouts pour m'en rendre compte. J'appelle ça blackout, mais ça pourrait bien s'appeler Trois-Rivières à la place. Parce que derrière tout ça, il y a mes Goonies. C'est le nom que Mathieu nous a donné pis criss qu'on a run with it. Il y avait Emman, Loriane, Emmanuelle, Rosalie et Stéphanie. Il y avait l'estie de belle ride de char dans la Volkswagen Golf noire que Mathieu avait louée, mais qu'il nous avait identifiée comme étant une Chevrolet Spark vert forêt. Go figure. Pendant cette ride-là, Justine m'a texté. Je pensais qu'elle avait appris l'existence de Lye. Elle s'est souvenue que j'allais à l'Off-Festival de Poésie revirer à l'envers les bars de la ville. Elle s'est excusée de me déranger. Pour une des premières fois, j'essayais vraiment de ne pas l'aider, en tenant à deux mains ma compassion pour qu'elle se taise et me laisse être hyped pour une soirée qui ferait badtripper mon médecin de famille. Rosalie n'arrêtait pas de me le répéter. Rosalie a pas mal toujours raison quand on parle de la vie des autres. C'est un peu comme une loi de la nature qu'on ne respecte jamais, mais qui nous revient dans la face quand on oublie de l'écouter. Ce n'était pas à moi de sauver mon ex. Je ne guérirai jamais les deux doigts fourrés dans ma blessure. Je répondais par des phrases courtes. Je préférais écouter l'enregistrement dans la voiture sur lequel on pouvait entendre Mathieu, à trois ans, parlant de son amour pour l'art du pet pendant que ses parents essayaient d'en faire un petit chanteur de chorale prématuré.

Il y avait la chambre à l'Hôtel des Gouverneurs. Celle dans laquelle on buvait du Sour Puss et de la Four Loko au raisin, amenée de Montréal parce que j'avais peur qu'il n'y en ait pas hors de la ville. J'ai jamais fait confiance à ce qui se trouvait hors de la ville. Je vis dans un terroir backward. C'était la chambre où Emman rampait en faisant des bruits incompréhensibles, la voix aussi déchirée que celle de Lil Wayne en mixant les deux alcools avec du Sprite juste après le déjeuner. Celle où on a fait je ne sais plus trop quoi comme drogue, mais ça impliquait des stimulants et des painkillers. C'est dans les rues de Trois-Rivières qu'on déambulait avec Emmanuelle qui gueulait aux passants qu'ils allaient mourir dans leur marde, dans leur couche, dans leur CHSLD pendant qu'elle, au moins, serait déjà morte. C'est dans les bars de Trois-Rivières qu'Emman a crié de lire de la poésie si les genses voulaient qu'on shut the fuck up. C'est dans les bars de Trois-Rivières qu'Emmanuelle a identifié la main du patriarcat avant de vouloir lui casser le pénis, parce que les poètes paternalistes qui se prennent pour Jim Morrison une couple de décennies trop tard, ça commence à faire. We don't need you anymore.

Je ne devrais peut-être pas appeler ça « Blackout » parce que je m'en souviens en criss. Polly m'avait souhaité une belle fin de semaine. On s'est moins vu·es après ça. Les choses prennent parfois de la distance pour rien, et j'ai toujours été particulièrement mauvais en gestion de temps et d'émotions. Lye et moi on s'est aimé·es et ça a frappé un dead end quand elle est partie définitivement à l'autre bout du Canada. Je n'ai jamais autant assumé ma dernière rupture avec Justine qu'à partir de Trois-Rivières. C'était la fin et le début simultanément. Le seul blackout, c'était celui d'oublier mes relations amoureuses, d'oublier mon univers l'espace de trois jours. Ça pis celui à l'open mic le samedi, après les stimulants et les painkillers, quand j'ai demandé à Emman

Câlice, est-ce que j'ai lu ? Est-ce que t'as lu ?

Il ne se rappelait pas, lui non plus. On s'est fait répondre par nos autres Goonies que oui, que ça faisait vingt minutes pis que c'était bon même si je me rappelais de rien.

Métro Papineau

Et aujourd'hui tu as déménagé, il ne reste plus rien de ta chambre, plus aucune dust de notre amour. On a tout laissé tomber cette fois-là au métro, et même après it won't ever be the same. Je ne voyais pas encore Lye. Je n'avais pas recommencé à voir Polly. Surtout, le livre n'existait pas. Il n'y avait pas *After,* ni le polyamour. Ce n'était que nous deux. Entre Edmonton, Vancouver et Saint-Henri, j'allais me perdre. Entre les noms qui se croisent au point de brouiller mes propres sentiments, brouiller mes mots dans une tempête qui fracasse ma tête et le monde pour déchirer ma langue, j'ai vu l'amour et je me suis vu me désagréger, me perdre jusqu'à ce que mon propre nom soit un pseudonyme pris aux confins des langues. J'ai voulu gratter le bobo en public, voir la gale s'arracher et déverser un peu de vrai dans des chapitres trop courts, à peine compréhensibles. Le métro Papineau était une finalité, un commencement et là où repasseraient inlassablement mes mots. Devant moi, tu pleurais calmement, et parler ne servait à rien. Les détails non plus ne servaient à rien. Everything was useless. Je plonge en moi, je me répète pour m'en dégager un peu plus. Délier ces mouvements que je n'ai pas à dire dans ma fiction pour qu'on sache la vérité. Ça ne sert à rien de parler de tes hésitations, de ce qui nous a mené·es là, je sais qu'au fond, c'était ce qui allait inévitablement arriver. On a épuisé le sens, épuisé le réel à s'aimer contre tou·tes, contre les autres, contre nous-mêmes. J'espérais à ce moment ne plus jamais te voir de ma vie, pouvoir te crier to get the fuck out and never come back. Mais je te retrouverai dans mes paroles, dans ma répétition, dans mes nuits où je me réveillerai à me demander pourquoi ce n'est plus toi qui emplis ma chambre de ta chaleur, pourquoi est-ce que je suis dans mon lit à pleurer sur mon téléphone plutôt que dans le tien à réinventer New York en petite synecdoque. Je dors peut-être toujours dans une chambre glaciale, mais j'ai longtemps senti que j'avais besoin de toi pour ne pas y mourir gelé.

Je venais de passer deux jours avec Polly. On se réconciliait au rythme dont on avait besoin et ça me confirmait que tu devais quitter ma vie, au plus vite, que je devais apprendre à vivre avec le froid ou, au moins, apprendre à apprécier la chaleur des autres comme j'appréciais la tienne. Je m'y étais assez brulé. Surtout cette fois, à la fête de ton amie, où tu m'avais dit que tu ne voulais plus être avec moi, que tu me haïssais et que tu ne ferais plus d'efforts pour cette relation. L'alcool et les drogues nous faisaient souvent dire les choses de manière imprécise, de manière floue, approximative. Ce livre en est surement la réflexion. On se garrochait au visage nos demi-vérités brutes. On ne se reconnaissait plus à force de stretch nos cordes vocales. On ne reconnaissait plus notre couple. Il ne restait que très peu de ce qui faisait de nous Jean-Guy & Justine, si ce n'est que deux noms vides de sens, vides de vérité.

Je ne dis pas les noms quand je m'adresse aux gens, habitué à ce qu'on ne dise que très rarement le mien, si ce n'est que pour souligner son aspect incongru. Un nom trop vieux pour quelqu'un qui passe son temps à flirter et à se dissoudre dans le souffle des smoke machines. Mon nom est devenu si usé, si unique, si définitoire de ma personne qu'il s'est perdu au point de devenir un pseudonyme sans que j'aie besoin d'en créer un. Jean-Guy existe plus que moi. I lost myself.

C'est pareil quand j'écris, je ne nomme pas l'autre. La première fois que j'ai dit ton nom, avec la voix d'enfant qu'on prenait lorsqu'on se parlait, tu as failli fondre sans tenir compte de ce que je venais de dire. Tu m'as demandé de le répéter sans arrêt parce que tu me trouvais trop adorable, tu ne pouvais tout simplement pas handle de l'entendre de même, de voir mon enfance jaillir dès qu'on conjuguait ta présence à ma vulnérabilité. Ton nom se répétait ensuite, s'insérait sous ma langue, un tab qui filtrerait tout, même sans cette voix, surtout sans cette voix cute. Il se répétait, rebondissait dans nos engueulades, tachait le monde en jaillissant. La fonction phatique de notre naufrage. Notre couple ne s'est pas terminé au moment où on a cessé de se dire qu'on s'aimait. Non. On n'a jamais vraiment arrêté de se le dire, même longtemps après, dans ces baises qu'on aurait surement dû éviter, dans ces incertitudes regrettables qu'on ne regretterait jamais. Mais on peut dire sans se tromper que c'était fini quand on a cessé de dire nos noms avec cette voix d'enfant qui nous retenait ensemble, comme pour nous dire qu'il y avait encore quelque chose de pur en nous

Je ne peux vraiment plus te faire ça. Je ne sais pas vraiment quoi faire d'autre.

C'est quand même incroyable que ça doive finir
pour que tu puisses arrêter
de me traiter comme si tu me haïssais.

Et les mots se répétaient et ton silence s'agrandissait. La distance s'est peut-être glissée dans ma vie à ce moment, au moment où je ne pouvais accepter qu'elle existe entre toi et moi, après trois ans à se connaitre et deux ans à s'aimer au point de se détruire, de faire éclater nos univers pour que tu bâtisses le tien et que je perde le mien, mon Atlantis somewhere sous mes fringues. Je refusais de croire que c'était possible que tout finisse parce que tu ne voulais pas changer. Je refusais qu'il n'y ait pas de suite logique. J'ai peut-être un peu trop voulu croire qu'on avait une dernière chance de revenir à nous, de revenir à notre univers en lequel je mettais trop d'espoir. Rien ne me paraissait comme une réelle échappatoire à partir de maintenant, mais je m'en foutais. Au métro Papineau, devant toi, devant le silence, j'enterrais notre couple en gardant les yeux loin de la tombe. Maintenant, j'allais devoir marcher, encore plus vite, sans jamais vraiment me retourner, sans avoir conscience de ma peur. Je marcherai surement seul, dans l'ombre d'une ruelle sans luciole, mais je refuse de voir ton nom continuer de peser aussi lourd dans mes phrases. Ma vie me glisse entre les doigts et je veux être le seul responsable de l'écoulement. Après tout cela, longtemps après, tu ne seras plus là, Polly sera en couple, Lye sera à Vancouver et il ne me restera que moi, moi et des mots pillés, des fictions volées à même les autres qui ne m'appartiendront jamais, des émotions que je peine à faire surgir, des spasmes auxquels je peine à survivre et des drogues qui m'éloignent un peu plus de cette apnée en moi que tout le monde espère que je parviendrai à reproduire, pour mon roman, pour mon écriture, pour moi.

Je me répétais, je me répète toujours. Même dans un très court laps de temps, je tends à me répéter. Ma syntaxe s'effrite à la recherche de sens, alors que je ne pense toujours qu'au moment exact où j'ouvre la bouche. As usual. Les gens passaient devant la station de métro, te voyaient pleurer sous tes lunettes de soleil. Les gens me voyaient avoir l'air à bout de mes propres paroles, en train de resserrer le nœud dans ma gorge pour être sûr que rien ne s'en échappe. Probablement une heure plus tard, je ne sais pas, j'ai regardé mon téléphone. Toutes nos conversations à partir de là ne serviraient qu'à ressasser ce que je t'ai dit, assis devant les portes battantes de Papineau. Un ressassement de toutes les fois où je n'ai pas su parler. C'était mon discours original. Je ne voulais plus me limiter à seulement exister derrière celui qu'on me fabriquait, que ma classe sociale me fabriquait, que le genre me fabriquait, que notre relation me fabriquait. Il y avait plus à moi que ce qu'on me disait d'être. J'étais la somme de ce que je n'avais jamais su partager. Lorsqu'est arrivé le moment de me taire, lorsque j'ai assez creusé notre tombeau, creusé l'autofiction comme cercueil, les yeux stuck sur l'heure, j'ai poussé notre dernier soupir pour que ton mutisme se transforme en épitaphe. Our last quiet confession.

T'as autre chose à me dire ? Faudrait que je parte là.

Ça a fini de même, sans licorne, rien.

Table des matières

H
hamac

Au catalogue

Madeleine Allard
Quand le corps cède, nouvelles, 2016

Jean-Pierre April
Histoires centricoises, nouvelles, 2017
Méchantes menteries et vérités vraies, nouvelles, 2015

Nicolas Bertrand
Déjà, roman, 2010

Emmanuel Bouchard
Les faux mouvements, nouvelles, 2017
La même blessure, roman, 2015
Depuis les cendres, roman, 2011
Au passage, nouvelles, 2008

Françoise Bouffière
La Louée, roman, 2009

Véronique Côté et Steve Gagnon
Chaque automne j'ai envie de mourir, secrets, 2012

Geneviève Damas
Histoire d'un bonheur, roman, 2015
Les bonnes manières, nouvelles, 2014
Si tu passes la rivière, roman, 2013

Fanie Demeule
Déterrer les os, roman, 2016

Dominique de Rivaz
Rose Envy, roman, 2015

Camille Deslauriers
Les ovaires, l'hypothalamus et le cœur, nouvelles, 2018

Sarah Desrosiers
Bon chien, roman, 2018

Lynda Dion
Grosse, roman, 2018
Monstera deliciosa, roman, 2015
La Maîtresse, roman, 2013
La Dévorante, roman, 2011

Sinclair Dumontais
La Deuxième Vie de Clara Onyx, roman, 2008

Valérie Forgues
Janvier tous les jours, roman, 2017

Nicholas Giguère
Quelqu'un, 2018
Queues, 2017

Julie Gravel-Richard
Enthéos, roman, 2008

Pierre Gobeil
Splendeurs et misères de l'homme occidental, roman, 2015
L'Hiver à Cape Cod, roman, 2011

Jean-Luc Lagarce
Juste la fin du monde, théâtre, 2016

Marie-Claude Lapalme
Le bleu des rives, nouvelles, 2016

Maryse Latendresse
Harakiri, roman, 2018

Daniel Leblanc-Poirier
Nouveau système, roman, 2017

Claire Legendre
Making-of, roman, 2017

Hélène Lépine
Un léger désir de rouge, roman, 2012

Stéphane Libertad
L'Odyssée d'Yval, roman, 2018
La Baleine de parapluie, roman, 2012
La Trajectoire, roman, 2010

Alexis Martin
Camilien Houde, « le p'tit gars de Sainte-Marie », théâtre, 2017

Alexis Martin et Pierre Lefebvre
Extramoyen, théâtre, 2018

Maxime Olivier Moutier
L'inextinguible, entretiens, 2018

Anne Peyrouse
Tu ne tueras point, roman, 2018
Passagers de la tourmente, nouvelles, 2013

Maude Poissant
Saccades, nouvelles, 2014

Sina Queyras
Autobiographie de l'enfance, roman, 2016

Éric Simard
Martel en tête, roman, 2017
Le Mouvement naturel des choses, journal, 2013
Être, nouvelles, 2009
Cher Émile, roman épistolaire, 2006

Olivier Sylvestre
noms fictifs, récits, 2017

Vincent Thibault
La Pureté, nouvelles, 2010

Maude Veilleux
Prague, roman, 2016
Le Vertige des insectes, roman, 2014

Entièrement consacré à la fiction,
Hamac propose des textes
profondément humains qui brillent
par leur qualité littéraire.

Si vous avez aimé celui-ci,
nous vous invitons à découvrir
les autres titres de notre catalogue.
Ils vous plairont sûrement.

Pour soumettre un manuscrit ou obtenir plus d'informations,
visitez le site www.hamac.qc.ca

Hamac est dirigé par Éric Simard.

Vente de droits

Mon agent et compagnie
Nickie Athanassi
173 et 183 Carré Curial
73000 Chambéry, France
www.monagentetcompagnie.com
help@monagentetcompagnie.com

COMPOSÉ EN ARNO PRO CORPS 13
SELON UNE MAQUETTE DE PIERRE-LOUIS CAUCHON
CET OUVRAGE A ÉTÉ ACHEVÉ D'IMPRIMER
POUR LE COMPTE DE HAMAC